ベリーズ文庫

隠れ執着外交官は「生憎、俺は諦めが悪い」とママとベビーを愛し離さない

白亜凛

STARTS
スターツ出版株式会社

目次

隠れ執着外交官は「生憎、俺は諦めが悪い」とママとベビーを愛し離さない

隠れ執着外交官は
「生憎、俺は諦めが悪い」と
ママとベビーを愛し離さない

プロローグ

振り返ると、外務大臣がイギリス・ロンドンに到着したニュースが流れていた。

東京では薄手のブラウスだけでもいいくらいだが、十月のロンドンは寒い。テレビ画面の中でタラップを下りる外務大臣も、しっかりとしたコートを羽織っている。

彼はどうしているかしらと思った。

多分あの場にいるはず。外遊が無事に終わるまで忙しく駆け回るに違いない。

健康には気をつけているだろうか。

自分が生身の人間であることを忘れているんじゃないかと思うほど、彼は寝食を忘れて仕事に没頭するところがある。

それなのに、私の心配ばかりしていた。

『香乃子、君はもう少し自分を労ったほうがいい。無理はするなよ？』

優しい人だった。

彼と過ごした日々はあまりにも幸せで、夢でも見ていたように感じてしまう。

それでも、私の指を掴む小さな手がそれは事実だと教えてくれるのだ。

条件付きの結婚

視線の先で、しとしとと雨が降っている。

真夏ならいざ知らず、二月の雨は見るからに冷たそうだ。

この様子だと帰宅時間には雪になっているかもしれない。昨夜の予報では晴れ時々曇りだったのに、今朝に限って天気予報を確認しなかった。

なんにせよ出かけなければ食べ物にありつけない。ため息をつきつつ席を立つ。

「お昼、外で食べてきますね」

「あら、珍しいわね。しかも雨なのに」

私はいつもはお弁当を持ってきていて、外食は滅多にしない。

「そうなんですよ。よりによってお弁当を忘れてきた日に雨だなんて、がっかりです」

「今日はついてないわね。まあそんな日もあるわよ。元気出して」

先輩に励まされ廊下に出る。

混み合うエレベーターを避け、寒い階段から三階分下りて、一階ロビーを通り抜け正面の自動ドアから外に出る。見上げる空はどんよりと暗く、活気づいているはずの表通りも沈んで見えた。

なにか美味しいものでも食べれば、いくらか気分もあがるはず。

気を取り直し傘をさして歩き出すと、思ったほど寒くはなかった。降っているのは雪ではなく雨だ。気温が低くないことに納得し、縮こまった肩の力を抜く。

今日はついてない、か。

先輩がそう言うのも当然で、朝から失敗続きだ。

原因はわかっている。ついてないわけじゃなく、すべては昨日のせい。

お弁当を忘れてしまったのも、朝一番で大事な書類にコーヒーをこぼしてしまったのも、気持ちが浮き足立っているから。

桜井香乃子、二十七歳。私は昨日、お見合いをした。

お相手は神宮寺真司さん。三十一歳。曇りを知らない綺麗な瞳の素敵な人。写真で見たときよりも、数倍魅力的な人だった。

微笑むと長い睫毛が黒目を隠して、ふんわりと優しい表情になる。

すらりと背が高くて、一六〇センチの私の背が彼の肩までしか届かなかったのだから一八〇センチはあるだろう。スタイルも抜群。あそこまでパーフェクトな人は、ここ東京でもなかなか見かけない。

お見合いの話が舞い込んだのは、一月の末頃。

父が顔を出した業界団体の新年会で、真司さんのお父様と会いそんな話になったらしい。

桜井家は私の曾祖父の代から海運業を営んでいる。現在は父が一族の長で、業界有数の売り上げを誇る『日本(にほん)サクラ商船(しょうせん)』の代表だ。

一方の神宮寺家は、代々官僚や政治家を生みだしてきた一族だという。

桜井家にとって政界との繋がりは有益であることは間違いないし、神宮司家にとってもそれ相応の理由がある。

真司さんの祖父は国会議員で、来年予定されている総選挙で真司さんの従兄弟(いとこ)が後継者として立候補する予定だそうだ。神宮寺家は日本サクラ商船の票が欲しい。日本サクラ商船の社員二万人がそのまま票の数につながるわけではなくても、影響は大きいだろうから。

そんなふうに家同士の都合で決められた今回のお見合いは、いわば政略結婚。

私は物心ついたときから、すべて父に言われた通り、決められたレールの上を進んでいる。

小学校から大学まで一貫教育の女子校。門限も厳しく、大学選択のときに思い切って希望を告げてみたが、父は聞く耳を持たなかった。

社会人になり働くことは認めてもらえたとはいえ、就職先は父が代表を務める企業グループの子会社。桜井家の一員として恥ずかしくないよう、必死に仕事をこなしてきたけれど、結局私の努力なんて父は見ていない。

父は私を政略結婚という終着点に辿り着かせるために、私から恋をする機会を意図的に奪ってきただけだ。

『香乃子はお父さんとお母さんが決めた人と結婚するのよ』

明るく『はい』と答えていた子どもの頃は、その意味もわからず夢見ていた。両親が素敵な王子様を連れてきてくれて、私はひと目で恋に落ち、幸せな結婚をするのだと。それが政略結婚だと信じていた。

けれども心は思い通りに動かないと、二十七歳の私はわかっている。

そもそも王子様は私に恋をして迎えに来てくれるわけではなく、この人とお見合いしなさいと言われて来るだけだ。結婚したところで、私を好きになってくれるかどうかもわからない。

私だってそう。身上書を受け取っても、ときめくどころか戸惑いしかなかった。

いつかこんな日がくるとはわかっていたけれど、私は割り切れるほど大人になりきれていない。恋もしたかったし、もう少し仕事も続けていたかった。

心の準備もできぬまま、降って湧いた今回のお見合い。

しかも、相手はあんなパーフェクトヒューマンとなれば、彼に好意を持つ以前に、本当に私でいいの？という不安だけが湧いてくる。

父がこの話に前向きな以上、私が逆らうことはできないが、彼のほうは今回の縁談をどう思っているんだろう。

彼は終始淡々としていた。恋とか愛とか浮かれた気分とは対極の雰囲気を漂わせ、静かに落ち着いて見えた。

あんなに素敵な人だもの、女性なんて選び放題のはず。家のためだからと仕方なく、いやいや縁談を受けるつもりなのかな……。

ふとそんな気がして、まるで鉛を抱え込んだように心が重くなる。

「はぁ……」

ひとりで外食という気分になれず、なにか買って帰ろうとコンビニの前で立ち止まると、「香乃子ー」と呼ぶ声がする。

振り向くと仲のいい同期の山本梨絵子（やまもとりえこ）ことリエちゃんが傘を揺らして走ってきた。

「一緒に食べようー」

追いつくなり私の腕を掴んだリエちゃんは小声で「どうだった？」と聞く。

彼女にはお見合いの話をしてあったので、興味津々らしい。

「うん。無事に……済んだかな」

キャーっと大騒ぎするリエちゃんに苦笑しつつ、路地裏の小さなカフェに入る。誰にも話を聞かれたくないが、見回したところ幸い会社の人はいないようだ。

ひとまずランチを注文したところで、リエちゃんが瞳を輝かせて身を乗り出す。

「なになに、まさか、もう結婚決まったの？」

自分で決めたわけではないが、ため息交じりにこくりと頷く。

「多分、そう、なるかな……まだわからないけどね」

父は強引な人だから、無理にでもこの話を進めると思う。真司さんの気持ちも、私の気持ちも、置いてけぼりのまま、

「いいなー。あんなイケメン、私なんて見たことすらないのにー。しかも外交官だなんて、どうしよう！」

父から預かった彼の写真をリエちゃんには見せてあり、彼女はそのときも大騒ぎした。今も自分のことのように興奮し、のけぞって足をばたばたさせるリアクションに思わず笑う。

リエちゃんの太陽のような明るさは、いつだって私を救ってくれる。

「それで？　やっぱり仕事は辞めちゃうの？」

「うん。決まれば早いと思うんだ。三月の中旬にはロンドンに行かなきゃいけないみたいだから」

父の話によれば披露宴をする余裕もないそうだ。とりあえず入籍だけを済ませ、いきなりロンドンで一緒に暮らし始めることになる。

これは政略結婚だからとはいえ、あまりに事務的でちょっと寂しい。披露宴でリエちゃんに祝福されれば、少しくらいは幸せを感じられただろうに。

「そっかー」

料理が運ばれてきて、話は中断だ。

ガパオライスのプレートランチには、私の好きなタイ風春雨サラダが添えてあった。美味しいねと食事を楽しみながら、こんなふうに彼女とランチを楽しめるのはあと何回だろうと考えた。

すでに二月中旬だ。このまま結婚が決まれば今月中に辞めなければいけない。社員規則では二カ月前には退職届を出す決まりになっている。父に言ってみたが、鼻で笑われた。

『法的には二週間でいい。そんなことも知らんのか』

父は、私は政略結婚以外に使い道がない不出来な娘だと思っている。

兄は子どもの頃から帝王学を学び、私とは一線を画しているが、私も桜井家の一員だ。期待はされなくても、日本サクラ商船の子会社、『ＳＫシップパートナーズ』に就職し、頑張ってきたつもりなのに……。

父の呆れたような表情と口調を思い出し悲しくなる。

「ロンドンかー、行ったことないけど、本当に霧が多いのかな」

「霧っていうか、曇り空が多いのかも」

霧の都ロンドンと言うくらいだ。以前一週間ほど家族で出かけたことがあるが、そのときも晴れた日は一日だけだった。

「三年だっけ？　たまにはこっちに帰ってくるんでしょう？」

「うん。そのときは会おう？　お土産たくさん買ってくるから」

「きゃー、今から楽しみ」

瞳を輝かせるリエちゃんと微笑み合うも、私はまだ他人事のように実感がない。

「じゃあね香乃子。また進展あったら聞かせてね」

「わかった。またね」

楽しいランチタイムが終わり、リエちゃんと別れて彼女の後ろ姿を見送ると、現実に戻ったように再び深いため息が漏れた。

親友のリエちゃんにも、この結婚は政略結婚だとは言えなかった。彼女はきっとごく普通のお見合いだと思っている。

彼女のご両親は大恋愛の末に結婚したそうだ。父親は職を転々としていて貧乏だと言うが、私はリエちゃん一家がとても羨ましい。

一度だけ、彼女の実家にお邪魔したことがある。聞いていた通り年季を感じるマンションだったし部屋も狭かったけれど、ご両親も彼女の妹も皆リエちゃんのように明るくて、幸せの溢れる温かい空気に包まれていた。皆が言いたいことを言って、ふざけ合っている姿はまさに理想の家族だった。

構えは大きくても、どこか気詰まりな我が家とは違う。

私の父は家門がすべて。利益重視で、幸せとは権力と経済力があって初めて掴めるものだと信じて疑わない。

お嬢様育ちの母は、絵に描いたような大和撫子（やまとなでしこ）で、優しくはあるが常に控えめだ。たとえ不満があったとしても顔に出さないし、決して父に逆らったりしない。

当然のように政略結婚をして、子どもにも同じ道を強要するのが私の親。感情とか私の夢や希望なんて、冷たい部屋の片隅に放置されまま気づいてさえもらえない。

事情を知らないリエちゃんはこの結婚が羨ましいと言うが、私は外交官の妻なんて望んでいない。

普通でいいのだ。リエちゃんの家のようにホットプレートを囲んで焼きそばを食べたり、ホットケーキを美味しいね、って分かち合いたい。

温かい笑顔が溢れた穏やかな日常を重ねていけるなら、それだけでいい。私が願うのはそんな幸せ。

結婚だってそう。

お見合いとかじゃなくて、友達の紹介で知り合ったりして。何度か会ううちに気が合うね、なんて意気投合し、気づけば恋に落ちていた。そんな結婚がしたかった。

それがこんなに難しいなんて……。


退社時間になりパソコンを閉じて卓上カレンダーを見た。

退職の報告はどうしよう。

月末まで二週間と二日。今日は木曜日だから明日報告するしかないか……と考えるうち、バレンタインが目前であることに気づいた。

バレンタインね……。

ふとお見合い相手の真司さんが脳裏に浮かんだ。

でも、甘いチョコレートと彼が結びつかず、机に苦笑を落とす。

私は初めてのお見合いだったけれど、彼はどうなんだろう。なんとなく慣れているように感じたけれど。

つらつら考えながら家に帰ると、駐車場に見慣れぬ車があった。

若い男性が乗りそうな黒い外車である。

兄のお客様だろうかと想像しつつそっと玄関に入ると、待ち構えたように母が顔を出した。

「香乃子、真司さんがお見えよ」

「えっ、どうして?」

「急ぎのお仕事が入って、明日ロンドンへ発つんですって。そのご挨拶に来られたの」

「そう……」

母に追い立てられるようにしてリビングに行くと、相好を崩した父が真司さんと話をしていた。

「ああ、香乃子お帰り」

私を振り返った父はずっと笑顔のままで、簡単な挨拶を済ませるなりとんでもないことを言いだした。

「香乃子、真司くんにお前の部屋を見せてあげなさい」

ギョッとする私に、なおも父は畳みかけてくる。

「まさか散らかっているわけじゃないんだろう？　結婚するんだ。なにも隠すことはない」

散らかしてはいない。いないけれども、いきなりすぎるではないか。

あははと苦い笑いを浮かべる真司さんだって困っている。

「それはまたの機会にでも」

彼のナイスなフォローに「え、ええ……」と、曖昧に作り笑顔を向ければ、それでこの話は終わるはずだった。

「香乃子、お誘いしなさい。その間に夕食の準備をしておくから」

なのに今度は母まで推してきたのだ。

お母さん、やめてよもう！

胸の内で抗議するも声には出せず、ふと申し訳なさそうに眉尻を下げる真司さんと目が合った。

「あ、えっと……よろしかったら、どうぞ」

こうなったらもう開き直るしかない。

「すみません」

「いいえ。お気になさらず」

私の部屋は二階にある。

兄は南東の明るくて広い部屋。私の部屋は北西の角にあり、年中日当たりが悪い。家族内ヒエラルキーの最下層ゆえの位置だ。

「どうぞ」

「失礼します」

ウォークインクローゼットの中はゴチャゴチャだが、見えるところは問題ないはず。女の子が綺麗好きでなくてどうするの、と母に厳しくチェックされているおかげで、まあまあ整っている。

ベッドよし、ドレッサーよし、机の上、チェスト。素早く目を走らせる。

「仕事の勉強をしているんですね」

真司さんは、机の上の本棚に目を留めたようだ。

「事務系と聞きましたが、具体的にはどんなお仕事を？」

「ポストフィクスチャーをしています。成約後の契約書の作成だったり……運航に関する付帯業務ですね。シップブローカーとチームを組んでの仕事になります」

ＳＫシップパートナーズはシップブローカーという、多種多様な船を仲介する仕事が中心だ。その際の事務的な仕事が私に回ってくる。

「なるほど。英語もそれで？」

「はい。取引先は海外も多いですし」

本棚には、船に関する本のほか、英語、中国語と辞書が並んでいる。

「見せてもらっていいかな？」

「はい」

興味があるのか、彼は海運業界に関する本を取りページを捲（めく）る。

その様子を見ながら、付箋紙を貼りマーカーをつけて繰り返し読んだ努力は、これからの人生で報われるときがあるのだろうかと、ふと空しくなった。

神宮寺家は船とは無縁だ。桜井家を離れてしまえば、海運業界とは関係なくなる。シップブローカーになりたくて一生懸命勉強をしたけれど、結局なれずに終わってしまうのね。

ぼんやりとそんなことを思っていると、彼の手が別の本に伸びた。

「薬膳料理？」

「あ、それは趣味というか、興味があって一時期教室にも通ったんです」

「へえ、ちなみに、漢方と薬膳ってどう違うの？」

「漢方は生薬を使った医学ですけれど、薬膳は健康にいいお料理ですね」

「そうかそうか。なるほど——」

彼に聞かれるまま、体質に合った料理の話になったりして、話は弾む。

「薬膳の資格も？」

「はい。民間の資格ですが、いくつか取りました」

「香乃子さんは勉強家なんだね」

「あっ……いえ……」

咄嗟にしまったと思った。

常々父から『女がこれみよがしに知識を披露するなんて恥ずかしい』と言われ続けている。お見合いの席に向かう車の中でも、厳しく忠告されたのだ。

『いいか香乃子、余計なことを言うなよ。お前に知識など求められていないんだ』

なのに、うれしくてついしゃべりすぎてしまった。

勉強した跡が残っている参考書をパラパラと見ている彼の表情はわからないけれど、

父と同じように無駄なことをしていると呆れているのかもしれない。

後悔の念に苛まれシュンとしてうつむく。

「楽しみだな」

えっ？　今なんて？

ハッとして顔を上げると、彼はにっこりと微笑んでいる。

「香乃子さんが身につけた薬膳料理、早く食べてみたい」

思わず固まってしまう。

それは、どういう意味なのか。

「一年だけでいい」

なにが一年なのか。更に混乱する私に、彼はなおも続けた。

「誰かと結婚しない限り縁談を押し付けられる。君もそうなんだろう？　それなら
いっそ、形だけの夫婦にならないか？」

「――それは、あの……契約、結婚みたいなことです、か？」

恐る恐る聞くと、彼はにっこりと頷く。

「ああ。少なくともそれで、君も俺も使命を果たせる」

一年だけの、契約結婚？

「俺は明日、ロンドンに発つ。互いの両親が乗り気なら、一週間もあれば俺たちのあずかり知らないところで話は進むだろう。その前に君の口から返事を聞きたかったんだ」

ああ、そうか。この人は、私の心に寄り添ってくれようとしているんだ。

黙っていても縁談は進むのに、私の気持ちを汲み取ってくれようとしてる。

「今日話をしていて思った。勉強家の君ならきっと、ロンドンの地でも新たな楽しみを見つけていけるんじゃないだろうか」

驚くと同時にうれしかった。

なんのためらいもなく、私の努力を肯定してくれる言葉に胸がじんわりと温かくなる。

「もちろん俺も君が寂しい思いをしないように精一杯努力する。だから、俺といっしょ――」

と、そのとき、一階から「香乃子ー」と母の呼ぶ声がした。

「食事の用意ができたわよー」

大事な話の最中なのにと困惑しながら、ひとまず「はーい」と返した。

「すみません……」

「いえ」

苦笑する彼は今〝一緒に〟と言おうとした？　一緒にロンドンに行こうと？

「あらためまして香乃子さん、俺と結婚してもらえますか？」

正面からはっきりと言われて、火がついたように頬が熱くなる。

「――はい。私でよろしければ……」

心臓は暴れるし照れくささもあって、語尾が小さくなってしまったが正直な思いだ。

真司さんが言う通り、私は桜井家の娘として誰かと政略結婚しなければならない。

一生を決めるとなると気が重いけれど、一年かけてまた未来を考えればいいと思うと、急に心が軽くなった。

それに、私の気持ちに寄り添ってくれる彼となら、遠く離れた土地でも一年くらいがんばれる気がする。

微笑んだ彼は、スッと手を差し出す。

「これからよろしく」

握手。これから結婚する人とする挨拶にしては、随分他人行儀である。

でも私たちは恋人でもないし、ましてや愛し合うふたりでもない。いわばビジネスパートナーのような結婚には、ちょうどいいのだろう。

「よろしくお願いします」

彼の手にそっと自分の手を合わせた。

にっこりと穏やかな微笑みを向ける彼と、握手した手を揺らす。

強からず、弱からず。手から伝わる温もりが、優しい未来を予感させる。

もしかして。

この人となら、案外楽しい日々を送れるかもしれない。

私は初めてこの結婚にわくわくと胸を躍らせた。

＊　＊　＊

よかった。

玄関に立つ彼女が、少し恥ずかしそうに小さく手を振っている。

昨日会ったときよりも随分表情が柔らかくなったようだ。

片手を上げて応え、ホッとしたところで車を発進させた。

交際ゼロ日婚じゃあるまいし、昨日の今日でもう結婚を決めるとは。我ながら性急過ぎる。引かれるんじゃないかと思ったが仕方なかった。

急に明日からのロンドン行きが決まったのである。

一週間で戻る予定だが、行ってみた様子でどうなるかわからない。出発前に彼女の口からちゃんと返事が聞きたかった。

俺はこれまで、結婚はどこか他人事だった。

国家公務員採用総合職試験を経て外務省に入省し、ここ数年は本省だったのもある。ところが、イギリス赴任が決まると、親が俺の縁談に本腰を入れ始めた。

『これを機会に結婚しろ。独身の男は信用されないぞ！』

親が思うほど独身がダメなわけじゃない。だが、パートナーがいないよりはいたほうがいいというのも事実としてある。

在外公館で勤務する外交官にとって、パーティーは欠かせない。二百近くある国のナショナル・デー、すなわち国の記念日にはどこかで必ずレセプションがある。座したまま、来るものだけ受け入れていたのでは外交は進まない。そういったパーティー以外にも、客を家に招き食事を振る舞う必要もあるし、夫人同士の交流も不可欠なのだ。

結婚しない限り口やかましく言われ続けるかと思うと、うんざりしていたのもあるあれこれ考えた末、重い腰を上げた。

どうせ結婚に希望は抱いていない。誰でもいいくらいの気持ちで縁談に望んだ。

だがひとり目で覚えた違和感は、三人目、四人目になっても消えなかった。

皆、身元がしっかりとした女性たちで、条件はいい。語学は堪能、学歴も容姿もしかり、むしろ彼女よりも外交官の妻としてふさわしい女性ばかりだったと思う。

なかなか首を縦に振らない俺に業を煮やした親は、どこが気に入らないんだと詰め寄ってきた。

外交官と結婚することはある意味、外交官夫人という役職につくようなものだ。国の代表としての資質が問われるゆえ、簡単には決められない。——という言い訳でお茶を濁してきたが、いったいなにが気に入らないのか、自分でもよくわからない。

とにかくしっくりこないのである。自分の隣にこの女性がいて寝食をともにし、家庭を作るという未来図が描けなかった。

条件だけで決められない自分にも嫌気がさし、一生結婚なんかしなくてもいいかと思い始めていた。

パートナーがいなければ、いないなりに同僚や現地スタッフの助けを借りればいい。親は結婚結婚とうるさいが、ロンドンに行ってしまえばこっちのものである。小言はロンドンまで届かない。

だから、今回を最後にしようと思っていたし、会う前から期待はしていなかった。

ところがいざ会ってみると、桜井香乃子は第一印象からなんとなく気になった。

髪を緩く後ろにまとめ、服は淡いベージュのワンピース。大人っぽい雰囲気を漂わせていた彼女から受けた印象は、感じのいい女性。そこまでは四人の女性たちと大きく変わらなかったが、彼女は四人の女性たちと違って、明らかに俺に関心を示さなかった。

最初に目を合わせたときに薄く微笑んだだけで視線は落としがち。どこか憂鬱そうでさえある。

結婚なんかしたくない。

そう顔に書いてあるようで、密かに苦笑した。

感情を隠せないところをみると、器用じゃないのだろう。人柄としては好感をもてるが、外交官の妻には向かないか。

そう思った矢先、母が彼女に話しかけた。

『香乃子さんは、英語が堪能なんですってね』

母はこれまでの女性たちにも同じ質問をしている。ある女性は謙遜し、ある女性はTOEICの点数を言った。

さあ、なんと答えるだろうと耳を澄ました。

すると彼女はこう答えた。

『仕事柄、外国の方とやり取りする機会が多く、日々勉強中です』

自信があるともないとも言わない。絶妙でしっかりとした受け答えを意外に思いつつ彼女を見れば、その微笑みは花が咲いたように可憐だった。

興味をそそられつつ、彼女となら上手(うま)くやっていけるかもしれない。ふとそう思った。

俺に関心のない彼女となら、結婚しても適度に距離を置き、いい関係が築けるのではないだろうか。

そして、時々でいいから、あんなふうに可憐な笑みを見せてくれれば、穏やかな毎日が過ごせるのかもしれないと思ったのだ。

できればふたりきりでもう少しゆっくり話をしたかったが、外務省からの急な呼び出しもあり、そんな時間はなかった。

俺は話を進めてほしいと親に話し夕べのうちに桜井家からも色よい返事をもらっているが、彼女の本心はわからない。

結婚するとなればひとりの女性の人生が掛かっている。

彼女は、仕事を続けたかったのかもしれないし、誰だって愛のない政略結婚なんてしたくないだろう。親に言われたからと嫌々結婚し、ロンドンで病気にでもなってしまっては申し訳ない。

だから彼女の本心が知りたかった。少しでも俺を知ってもらい、彼女の口から直接返事を聞きたかった。

居ても立ってもいられない気持ちのまま駆けつけてしまったが、行ってよかった。

あの部屋で、彼女がこれまでしてきた努力の痕跡を見て思った。

彼女はただ親の言いなりのお嬢様ではなく、自分の足でしっかりと前へ進んでいる。きっと大丈夫だと思った。彼女さえ、その気になってくれれば。

無理をしていないかと聞くはずが、気づけば『一年だけでいい』とまで言い、説得を試みていた。

『俺といっしょ――』と言いかけたとき、本当は〝俺と一生をともにしてほしい〟と言うつもりだった。

結局言えなかったが、それでいい。一年でいいと言ったのに、舌の根も乾かぬうちに一生を口にしては彼女を戸惑わせるだけだ。

『あらためまして香乃子さん、俺と結婚してもらえますか？』

まるで本気のプロポーズだなと、今更のように苦笑を漏らす。
いや、プロポーズには違いないか――。
よろしくと差し出した手をとる彼女。その柔らかい微笑みに、ホッとした。
白くて綺麗な手は、強く握ると折れそうだった。
『――はい。私でよろしければ……』
彼女がそう答えたとき、心からうれしかったことを思い出し、フッと笑みが零れた。

動き出す心

ロンドンに来て、半年以上が経った。

東京よりもずっと涼しくて過ごしやすい夏が過ぎ、秋を迎えている。

こちらの秋も気温は東京とそう変わらないけれど、乾燥にはまだ慣れない。ここに来るまでは、真冬でもないとハンドクリームを塗らなかった私でもクリームが手放せないし、いい加減に済ませていた基礎化粧も今では入念に施している。

肌荒れは落ち着いたかな。

洗面所で鏡を覗き込んでいると、横からひょっこりと顔が現れた。

「おはよう」

ハッとして横を向くと目と鼻の先に真司さんの顔があって更にうろたえてしまう。

「おはようございます」

彼はシャワーを浴びるらしく、慌ててその場を離れる。

私たちは夫婦になったとはいえそれは形だけ。寝室は別だし、スキンシップなんてもってのほか。夫婦らしさを演出するためにパーティーなどで肩や腰を寄せられることはあるが、それすらいまだにドキドキしてしまう。

なにしろ私たちは結婚式も挙げていないため、誓いのキスさえしていない。本当に清らかな関係なのだ。

それでも私は今の生活が気に入っている。

毎日が伸び伸びとした気分で楽しい。実家を離れただけでこんなにも解放感を覚えるなんて、よほど実家が重荷だったんだなあと、しみじみ思う。

とはいえ外交官の妻は予想以上に大変だ。

昨夜もレセプションがあり私も妻として参加した。

毎度のことながら、参加するにあたって主催者や趣旨、それに参加者についてあらかじめ調べておく必要がある。真司さんは無理しなくていいと言ってくれるけれど、私は可能な限り頑張りたい。

結婚当初、彼は言った。

『外交官夫人という仕事だと思えば、少しはやりがいみたいなものが見つけられるか？』

私の部屋でシップブローカーの本を見たときに、仕事に未練があると気づいてくれたらしい。仕事を続けたかったんじゃないか？と聞いてくれた。

『外交官の仕事も、君がしてきたこととそんなに変わらないと思うよ。たとえば君が外国人と仕事をする上で気をつけてきたのは、どういうこと？』

『国籍にかかわらずですが、相手から信頼を得ること。外国人とのやりとりは流暢かどうかよりも内容の正確さを大切に、とかでしょうか』

言葉が持つ意味は、思っている以上に深い。現地の人のように話しているつもりでも、間違って伝わっては意味がない。契約にあたり重要なのは正確さだ。片言でもいいから、正確に伝えることが大切だと教わった。

『その通り、同じなんだ』

彼がそう言ってくれたおかげで、気持ちの切り替えができるようになった。お客様を招待し、おもてなしをしてお客様を見送り片付けをする。そこまでが外交官夫人としての仕事だ。終わったらスイッチを切って私に戻る。

今日は外交官夫人のお仕事はなく、彼もお休みだ。

昨日はレセプション後、彼は他国の大使と話があるというので私は先に帰り、帰宅が深夜だった彼と話はしていない。

お昼はどうするのだろう。食事に出かけるのか、家でのんびりするのか。彼に聞けばいいだけなのに、遠慮があってなんとなく聞けずにいる。

すでに時刻は十時を回っている。さて、どうしよう。

お休みの日だし、ひとりでなにかやりたいこととかあるかな……。

「あ。珍しくいい天気だな」

シャワールームから出て部屋着に着替えた彼が、窓際に立って空を見上げた。

「そうなんですよ。やっぱり晴れると気持ちいいですね」

十月になり、ロンドンの空は曇りがちになった。聞いたところによれば、これからますます曇天が多くなるらしい。

「せっかくの晴天だ。ピクニックに行かないか？」

えっ？

「はい！　行きましょう、ピクニック」

うれしさのあまり勇んで返事をしてしまい、慌てて口を押さえたがもう遅い。込み上げる羞恥心に頬が熱くなる。

そんな私を見て、彼は「じゃあ行こう」と楽しそうに笑うが、本当にいいのだろうか。

「あの、でも、いいんですか？　なにか予定があるんじゃ」

「もともと天気がよければピクニックに行こうと思ってたんだ。香乃子さえよければね」

どこまで本当かわからないけれど、そう言ってもらえてうれしい。

「じゃあ、早速準備しますね」

照れ隠しに、いそいそとキッチンに向かいつつ、なにを着ようかなと胸が弾んだ。


行き先は私たちが住んでいるフラットからすぐそばのセント・ジェームズ・パーク。在英国日本国大使館からほど近く、大使館とウエストミンスター寺院との間にある。ロンドンにある八つの王立公園のひとつで、湖越しにバッキンガム宮殿も見える、とても広くて美しい公園だ。

散歩する人、芝生で寝転ぶ人。皆、貴重な青空を満喫している。

私たちふたりも、咲き誇る秋の薔薇を楽しみながらのんびりと歩いた。

「気持ちいいなぁ」

「そうですね。こんなにいい天気なのは久しぶり」

ここに住んでみて、みんなが日光浴をする理由がわかった。間もなく迎えるロンドンの冬は日照時間が短い。朝八時頃から午後四時頃までしか明るくない。空はどんよりとして精神的に不調に陥る人も多いそうだ。

「これからは休日に晴れたら必ずピクニックをしようか」

ハッと胸が弾んだが、今度は喜びを抑えて「はい」と頷いた。

すると、彼が私に向けて手を差し出してくる。

これは手を繋ごうという合図なのか。ドキドキと胸が高鳴って落ち着かない。なにしろ男性とデートすらしたことがないのだ。手を繋ぐだけでも緊張してしまう。見なかったふりをしてやり過ごしたいところだけれど、しっかり彼と目が合ってしまった。

促すようににっこりと微笑まれて、戸惑いつつ、そっと右手を重ねる……。

繋いだ彼の手はとても温かい。伝わってくる温もりが、心まで温めてくれるような気がして、自ずと頬に笑みが浮かぶ。

真司さんはとても優しくて、細々(こまごま)と私に気を配ってくれる。知らない土地で私が孤立してしまうことを心配していたようだ。

私も不安がなかったわけじゃないが、大使夫人が積極的に声を掛けてくださったおかげで気鬱にならずに済んだ。

もちろん彼の存在があってこそ。

最初の頃は休みの日になると、必ず私を誘って観光や食事に連れ出してくれた。

うれしい反面、そんな彼の優しさに慣れてしまいそうで不安になる。

私たちは半年後には他人になっている仮面夫婦だ。

それを忘れちゃいけないのに、忘れてしまいそうになる自分が怖い。

こんなふうに手を繋いで、少しずつふたりの距離が近くなって、もし好きだという今以上の感情が芽生えてしまったら……。

半年後、私はちゃんと笑顔で彼とさよならできているのだろうか。

「ここにするか」

湖の近くの芝生にシートを広げた。

周りには私たちのようにピクニックバスケットを広げているカップルもいるし、上半身裸で横たわり日光浴をしている人もいる。休日の公園は平和そのものだ。

ふと風が吹き抜け、髪を押さえた。

天気がいいから気持ちいいと思えるが、これで日差しがなかったら少し寒いだろう。

思わず「あっという間に冬になりそう」と呟いた。

「そうだな。でも寒さを実感する暇もなさそうだぞ。十二月はレセプションが目白押しだからな」

シートに座り、両手を後ろに伸ばして支え空を見上げる真司さんは、ため息を吐く。

彼はお疲れなのだ。

予想はしていたけれど、連日のパーティーは出席するだけでもかなりしんどい。精神的にもだが、お腹もだ。各国の大使館での料理は食べ慣れない物も多く、胃腸に負担がかかる。彼のように体力がある人でもこう頻繁では疲れて当然だ。

なんだかかわいそうになる。

「はい、どうぞ。カボチャの味噌汁ですよ」

スープジャーを取り出し、カボチャと鶏肉、そして青菜が入った味噌汁をカップに注いで彼に渡す。

ご飯で育った私は、やっぱり和食を前にするとホッとする。それは真司さんも同じらしい。和食を出すと彼はとても喜んでくれる。

外食はどうしても洋食になってしまうので、家で食べる料理は、日本にいたときに食べ慣れた食事や、お腹に優しいものをと心掛けている。食材はネット通販や日本食を扱うスーパーを利用すればほとんど手に入るので困らない。

「ありがとう」

にっこり微笑む彼は早速味噌汁を口にして、満足そうに息を吐いた。

「カボチャはなににいいんだ？」

「体を温めるし、胃腸を整えてくれるんです」

「なるほど」

実家でこんな話をしたらたちまち生意気だと怒られたのに、彼は私の話に耳を傾け、興味を持って聞いてくれる。それがとってもうれしい。

ピクニックに持ってきたのは、サンドイッチではなくおにぎりだ。

今朝、おにぎりにしますかと提案すると、真司さんはハッとしたように『いいね』と瞳を輝かせた。

具は塩をふって寝かせておいたサーモンを焼いたものと、自家製マヨネーズで和えたツナマヨ。ちゃんと海苔で包んである。

鶏の唐揚げとゆで卵という定番おかずも添えた。

「バッキンガム宮殿を見ながらおにぎりを食べるとは思わなかったな」

「ほんとですね」

あははと笑いながら、久しぶりの外で食べるおにぎりは、とっても美味しい。

「そういえばカリグラフィーのレッスンはどうだったんだ?」

「すごく楽しかったです」

カリグラフィーとは、ギリシャ語で美しい文字を意味する。私がいま習っているのはカッパープレート体というくるくるした文字で、専用のペンとインクを使って書く。ちょっとしたお礼状やカードを書くときにとても役に立つ。大使夫人が教室に通っていると聞き、紹介してもらったのだ。

「なかなか難しくて、この前は――」

レッスンで学んだことを夢中になって話していたと気づき、ハッとして口を閉ざした。

「ん？」

「あっ……私、おしゃべりが過ぎましたね」

いつもそうだ。彼がにこにこと聞いてくれるものだから、ついついいい気になってしゃべり続けてしまう。

恥ずかしくてうつむくと真司さんは「そんなことないさ」と言った。

「でもこんな話、おもしろくもないでしょうに」

「いや？　俺も習ってみようかなって思いながら聞いていたよ？　なにしろ俺は字が下手だからな。くねくねさせたら、少しくらい上手く見えるかもしれないだろ？」

それには思わず、あははと笑った。

「真司さんは聞き上手ですね」

彼は「それを言うなら、君は話し上手だ」と笑った。

そんなこと、初めて言われた。

「なにより香乃子が楽しいのが一番だ。俺も君が楽しそうなのがうれしいよ」

明るく言われて、はからずも胸がキュンと疼（うず）いた。

彼となら、どんなに話しても話し足りないくらい楽しい。時間を忘れてしまうほど。

この気持ちはなんなんだろう……。

「それで？　続きは？」

深く考える前に声をかけられて、少しホッとした。突き詰めてはいけないような気がしたから。

「――えっと。帰りにナオミさんと雑貨店でカードを買ったんです。ナオミさんには本当によくしてもらって、ありがたいです」

「彼女は明るくて親切な人だからね」

ナオミさんは現地採用のスタッフで私より少し上の三十代前半。両親ともに日本人だが、父親の仕事の関係でイギリス駐在中に生まれ十代のほとんどをこっちで過ごしたそうだ。

両親が日本に帰っても彼女だけイギリスに残り、イギリス人の男性と結婚したという経歴の持ち主である。

大使館で働く彼女と親しくなれたのは、私にとって大きい。今や私のロンドン生活に欠かせない人である。

「ナオミさんに教えてもらいながら、張り切ってクリスマスカードを作りますね」

「おー頼もしいな。でも無理するなよ?」

「はい」

大丈夫。真司さんと違って私はしっかりと睡眠時間を確保できているから、今のところとても元気だ。体調もいいし毎日が楽しくて、むしろ順調すぎて怖いくらい。

私を見て彼が「あ……」と声を止めた。

「ご飯粒がついてる」

「えっ、ど、どこですか?」

唇に手をあてると「取ってあげる」と言って彼が身を乗り出してくる。

顔が近い。

胸を高鳴らせながら目をつむり、唇を差し出すように顎を上げると、彼の指先を唇に感じた。

「取れたよ」

「ありがとう、ございます」

ホッとして彼を見れば、彼は摘まんだご飯粒をぺろりと食べた。

うわっ、食べちゃうの！

慌てて目を逸らしうつむく。

まさか食べちゃうとは思わなかった。

でももし、汚いもののようにティッシュで拭われてもそれはそれで悲しいのだろうか？

よくわからない。

今はただ、別の生きもののようにドキドキ暴れる心臓に戸惑うばかりだ。

思春期の子どもじゃあるまいしと、自分に呆れてくる。そっと息を吐き、気を取り直して残ったおにぎりを口の中に入れた。――ご飯が唇につかないように気をつけて。

彼はごろんとシートに背中をつけて寝そべった。

眩しそうに空を見上げる彼は「気持ちいいよ」と私を振り向く。

少し迷ったけれど穿いてきたのはイージーパンツだ。思い切って私も横になってみる。膝を折って背中をシートにつけると、光のシャワーを浴びたように眩しい。

「気持ちいいー」

こんなふうに外で寝そべったのは、もしかして人生初かもしれない。少なくとも大人になってからは初めてだ。

「立って見上げるのとは違いますね」

「そうだな。自分をさらけ出しているような気分だ」

確かにそんな気持ちになる。すべてをさらけ出して、心に沈んだ澱を日の光で綺麗にしてもらっているような感じだ。

胸の中は騒がしく、彼が触れた唇がジンジンする。

太陽よ、どうか心に残っている疼きを消して欲しいと願いながら瞼を閉じた。

＊　＊　＊

一旦フラットに帰宅し、午後は香乃子のパーティー用ドレスを買いに来た。

いくつかドレスを選び、彼女がフィッティングルームで着替えている間、雑誌を手につらつらと考えた。

香乃子は、知れば知るほど興味が尽きない女性だ。

実家の彼女の部屋を見て、真面目で勉強家だとは思っていたが、予想以上に純情だった。

　手を繋ぐだけでも恥ずかしそうにするし、俺がシャワーを浴びた後にばったり出くわそうものなら、頬を真っ赤に染めて慌てふためく。

　多分彼女は、男と付き合った経験がないのだろう。

　大人しいが根は明るい性格だし、他人を思いやるとても優しい心を持っている。しかも美人となれば、よくこれまで周りの男が放っておいたものだと思うが、彼女は大学まで一貫教育の女子校だ。そんなこともありえるかと納得した。

　自分がいかに美しく魅力的な女性であるか、彼女自身は気づいていない。

　着るものや化粧でガラリと雰囲気が変わり、如何様にも美しく化ける才能を持っているというのに……。

　つい先日のレセプションでは、髪をアップにして彼女にしては露出が多めのシャンパンゴールドのドレスを着た。

　ドレスを選んだのは俺だ。あのときフィッティングルームから出てきた彼女は、息を呑むほど綺麗で、すっかり魅了された俺は、彼女の魅力を皆も知るべきだと単純に思った。彼女は煌びやかなドレスに気おくれしているようだったが強引に薦めたのだ。

　案の定彼女は称賛を浴びた。だが、彼女の美しさはうるさい虫までも惹きつけてしまったのである。

俺が大使と話し込んでいる間に、気づけば彼女は酔った男ふたりに絡まれていた。慌てて駆け寄り、彼女を抱き寄せ《私の妻になんの用だ》と男に抗議したが、後悔先に立たず。自責の念に苛まれた。

今思い出しても胸の奥が痛む。もう二度とあんな思いはしたくない。

思えばあのときかもしれない。

香乃子を自分だけのものにしたいと、強く自覚したのは――。

フィッティングルームのカーテンを引く音に顔を上げると、きらきらと輝く赤いドレスを着た香乃子が、俺を見て恥ずかしそうに小さく微笑んだ。

雑誌をテーブルに戻し、早速彼女のもとへ行く。

「綺麗だ」

考える間もなく口から出た俺の感想に、彼女は瞼を伏せて頬を染める。

ロングイブニングドレスなので、ある程度の露出は仕方がないが、間違っても男を誘っているなどとは思われないよう、横も後ろ姿も確認する。

「あの……派手じゃないですか？」

ドレスが、彼女の動きに合わせてきらきらと輝く。

「全然？　上品だし君によく似合ってる」

初めて一緒に来たときは、本人が好きなようにドレスを選べばいいと思っていたが、彼女が選ぶドレスは控え目で、どちらかというと地味なものばかりになってしまう。

なので『君が主催者ならどう？』と聞いてみた。

『お客様が華やかな服装で来てくれたら、うれしくないか？』

『ああ、言われてみればそうですね』

それ以来、彼女はドレス選びに俺の意見を聞いてくれるのだ。

「赤とはいえ色は落ち着いているし、大人っぽくていいと思う」

「そうですね。それじゃ、このドレスにします」

納得した彼女の後ろに回り、首にネックレスをつけた。

ペンダントトップは真珠とダイヤモンド。清楚な彼女によく似合うはずだ。

「これは普段用に。いつも頑張ってくれているお礼だ。お揃いのイヤリングもある」

「えっ？」

驚く彼女の背中を押して鏡の前に連れて行くと、彼女は目を丸くして「うわぁ」と感激し、案の定戸惑いを見せた。

「かわいい……で、でもこれは」

恐らく価格を気にしているんだろう。彼女が着替えている間にこの店で選んだのだが、ここはハイブランドだ。ネックレスは小さいがドレスよりも高額である。

でもそんなことは関係ない。

ロンドンに来てから毎日毎日ネットや雑誌でロンドンの情報、各国のニュースや在留邦人の組織など黙々と調べている彼女を、俺は知っている。

「気にしないで受け取ってほしいんだ。君が食事に気を遣ってくれるおかげで、俺は本当に助かってる。どうしてもお礼がしたいんだよ」

鏡の中の彼女を窺(うかが)うように覗き込むと、香乃子は観念したのかにっこりと微笑んだ。

「ありがとうございます」

「イヤリングもつけてみるといい」

ケースを差し出すと、彼女ははにかみながら片方ずつイヤリングをつける。

「早速明日のアフタヌーンティーにつけていきますね」

うれしそうに微笑むが、そういえば大使夫人とともに在留邦人団体の関係者に招かれてアフタヌーンティーに行くと聞いていたんだった。

そんなつもりで贈ったわけではないが、喜んでくれるならそれでいい。

「よく似合っている」

赤いドレスも、ネックレスとイヤリングも、なにもかも。まるであつらえたように、本当に綺麗だ。

香乃子の美しさは内面から滲み出ている。これまで出席したパーティーで、体調不良の女性客を介抱したり、ドレスを汚してしまった女性客を助けていたりしていたと、スタッフから聞かされたことは一度や二度ではない。

彼女が優しいだけの女性ではないことも、今の俺は知っている。

シャンパンゴールドのドレスを着ていたあの日、俺が男たちを追いやると、彼女はホッとしたように肩の力を抜いて微笑んだが、それより以前、慌てて彼女のもとに駆け寄った俺の耳に聞こえてきたのは、凛とした彼女の声だった。

彼女ははっきりと《やめていただけますか》と一歩も引かずに対応していた。ピンヒールのパンプスと折れそうに細い足首で、彼女は毅然として立っていた。

あの日の感情が入り混じり、ふと、抱きしめたくなる。

たまらない衝動に突き動かされ、気持ちを十分の一に抑えつつ後ろからそっと抱いた。

「こんなに素敵だとパーティーに連れて行くのが心配だな」

多くの男たちが彼女に注目するだろう。俺だけの香乃子なのに。

それが歯がゆい。

「な、なにを……」

「ハグだよ」

嘘だ。こんなふざけたハグはない。

首まで赤くする彼女を、店員の女性たちが素敵だと褒め称え、ますます彼女は恥ずかしがった。

フィッティングルームに戻る彼女の背中を見送り、会計を済ませて待つ間、サービスで提供されたチョコレートを口に含んだ。

甘くて苦いチョコレートがまったりと口に広がるのを感じながらふとカレンダーを見る。

ロンドンに来て七カ月目に入っていた。

過ぎてしまえばあっという間だ。日常の業務のほかに総理大臣の訪英や、日本人が乗る観光バスの事故などの事件があった。窃盗被害などの犯罪に巻き込まれる観光客も多い。そういった事故や事件には昼夜を問わず対応せねばならず、夜中の呼び出しも一度や二度じゃなかった。

俺は外交官になると決めたときから覚悟の上だが彼女は違う。

仕事上で海外とのやり取りがあったとはいえ、聞けばパーティーは愚か飲み会にすらほとんど出席していないという。桜井家の令嬢としてパーティーに参加したときは、常に母親が一緒だったそうだ。

ロンドンに来て毎日のように続くパーティーに相当戸惑ったはずだ。

半ば強引に結婚したため、俺に責任がある。彼女が辛い思いをしていないか、寂しい思いをしていないか。ずっと気にかけてきたつもりだが、どうだろう。十分にフォローできているのかどうか。

なにしろ彼女は我慢強く、弱音を吐かないから不安は残る。

できるだけふたりの距離を縮めようと、休みの度に彼女を連れ出してきた。寂しい思いをしなくて済むよう努力している甲斐あって、彼女は楽しそうにしているが、それだけじゃ物足りない。

契約夫婦から本物の夫婦へと更に仲を深めたいが、いかんせん純情な妻ゆえに、どこからどう手を延ばしたものか。

この調子ではキスさえも遥か彼方に思えてくる。

やれやれとコーヒーカップを取り、口の中のチョコレートをコーヒーで流す。

かつてイギリスではコーヒーハウスに女性は入れず、コーヒーは男だけの愉しみだったらしい。そのせいでコーヒーが一般家庭に普及せず紅茶文化になったとか。

どうでもいいことを考えながら、香乃子は紅茶が好きだったなと思い出した。キッチンには様々な紅茶が並んでいる。

数軒隣に、紅茶によく合うスコーンが評判の店があったはず。この後カフェに誘ってみよう。

じれったいが、強引に事を運んで嫌われては元も子もない。

彼女のペースに合わせて少しずつ、心を溶かしていくしかないよな……。

つらつら思ううち、香乃子がフィッティングルームから出てきた。

「疲れただろう?」

十着ほどドレスを試着した彼女は「少しだけ」と微笑むが、表情は疲れて見える。

労るように、そっと彼女の背中に手を添えた。

店員に見送られて通りに出ると、来たときには晴れていた空もすでに雲が広がっていた。

「束の間の晴れだったな」

安定の曇天を見上げ思わず笑うと、彼女も「さすがロンドンですね」と笑った。

「カフェで休んでからテイクアウトを買って、夜は家でのんびりしようか」

俺が作ってもいいが正直あんまり自信はない。バーベキューならバッチリだが、外で食べるには夜はもう寒すぎる。

「行きたい店はある?」

「それなら、すぐ近くのスコーンが美味しいお店はどうですか? ナオミさんに教えてもらったんです」

恐らく俺が行こうとした店だ。情報源が俺と同じで密かに笑う。

「そうか。じゃあそこに行ってみよう」

「ナオミさん、なんでも詳しくて——」

明るい声で話す彼女にホッとする。親しい友人ができたようでよかった。

ナオミさんはイギリス人と結婚し、国籍を英国にしたがもともと日本人ゆえに相談しやすいはず。香乃子の力になってくれるよう俺からくれぐれも頼んであるが、俺の心配など必要ないくらいふたりは気が合うようだ。

歩きながら手を差し出すと、彼女は少しはにかみながら右手を重ねる。

あと、五カ月……。

もし彼女が一年を目安にしているなら。離婚をするつもりなら、残すところあと五カ月しかない。この手の温もりは消えてしまう。

それはダメだ。

「香乃子」

本当のところどう思っているんだ？

「はい？」

キョトンとした顔で見つめられ、苦笑した。

「仕事で渡航したことはないのか？」

「うーん、ないですね。家族旅行だけです。真司さんは？」

「俺は学生時代にあちこち行ったよ。友達と気楽なバックパック旅行をね」

「うわー楽しそうですね」

香乃子は瞳をキラキラ輝かせる。

「私も男だったらやってみたかったなぁ」

「そうだな、女性のバックパッカーもいるにはいるが、香乃子は、ダメだ」

「どうしてですか？」

不思議そうに聞いてくる彼女のかわいさに思わず頬が緩む。

どうしてもなにも、こんなにかわいくて、儚(はかな)げな君がひとりで旅をしていたら、一瞬にして男どもに狙われてしまうだろう。

「夫である俺を置いて、ひとりで行くのか？」

「えっ……いえ、そうは言いませんけど」

俺の冗談に戸惑う彼女の愛らしさにクスッと笑う。

「バックパックとはいかなくても、いつかリュックを背負って、ふたりでどこかに行ってみるか？」

「はい」

俺が言った〝いつか〟は数年後。あるいは外交官を引退したずっと先の話だが、わかっているのかいないのか、彼女はにこにことうれしそうだ。

すれ違いざまに男が香乃子にぶつかりそうになり、素早く腕を回して体を寄せた。

そっと肩を抱き寄せると、彼女は恥ずかしいのかマフラーの中に顔を埋める。

「ありがとう、ございます」

「いや、あんな大男にぶつかったら華奢な君は飛んでいってしまうからな」

頬を染めて微笑むその様子がまたかわいくて、まあいいかと密かにため息を吐く。

五カ月もあれば、しっかりと気持ちを伝える機会もあるだろう。

再び手を繋いでゆっくりと歩き出す。

『香乃子さんは穏やかでいい子ね。一生懸命でもそれを表に出さずに、人を安心させる。本当に素敵な方ね』

大使夫人がそう褒めていた。香乃子は一緒にいるとホッとさせる人柄なんだろう。

こうして他愛ない話をしながら笑い合って歩く。ただそれだけで心が満たされる。

こんな気持ちになるとはな……。

夕べ東京にいる学生時代の後輩で友人、氷室仁から電話があった。

仕事でロンドンに来るという話だったが、ついでに彼が言った。

【どうですか？　純情な奥さんとは上手くいってます？】

上手くはいっている。——だが。

【しかし、どうしてこうも俺の周りは恋愛音痴しかいないのかな。仕事はできるのに】と、仁は笑う。

【真司さん。難しく考えすぎですよ。一年経ってもこのままずっと、一緒にいたいんですよね？　だったら答えはひとつしかない】

『ひとつ？』

【ええ、頑張ってください】

そんな簡単なことなのか？

俺は仁のように恋愛上級者じゃない。手探りで進めるしかなくて、もっともっと時間がほしいんだ。

純粋な彼女を傷つけないように、無駄に驚かせないようにしなければ。

大使夫人には『頑張りすぎないように気をつけてあげなきゃだめよ』とも言われている。

俺が彼女に外交官の妻という仕事だなんて言ってしまったせいで、責任感の強い彼女に余計な負担をかけてしまったのかもしれない。

家事を手伝おうにも帰りが遅かったりで、結局彼女任せだ。

俺になにができて、彼女は俺になにを求めているのか。それがわからなければなにも始まらない。まずは、時間を見つけなるべく一緒にいて、彼女を知ることから始めようと思った。

こうして同じ時間を過ごし、少しずつ詰めてきた距離。

君は俺をどう思っているんだろう。

「どうかしました？」

ハッとして振り向くと、香乃子が心配そうに俺を見上げていた。

どうやらすっかり思索の迷宮に入り込んでいたらしい。

「いや——今日思ったんだが、君は赤が似合うな」

「ええ？　そんなこと初めて言われましたよ？」

彼女が普段着ている服は淡い色のものが多い。もちろん穏やかな人柄や優しい微笑みによく合っている。

だが赤を着た彼女は、別の輝きを見せる。まるで深紅の大輪の薔薇だ。

「じゃあ、俺が君の新たな魅力に気づいた第一人者だな」

「第一人者って、そんな」

あははと笑い合う。

「真司さんは、白が似合いますね。グレーに白を合わせたらもう完璧」

「そうか、じゃ部屋着は白かグレーにしよう」

「なんで部屋着なんですか」

そりゃあ、君にときめいてほしいからさ。

本当に言いたいことは胸の中だけに隠す……。

笑い合いながら、まるでハリネズミのジレンマだな、と思う。

暖をとるために近寄るとハリが刺さって痛い。だが離れると寒くてまた近寄る。痛い思いをしながらちょうどいい距離を探し当てる。

香乃子の負担にならないように、俺に心を開いてくれるように。今は手を繋ぐのがやっとという俺たち。

中学生じゃあるまいしと自分でも呆れるが、今はそれが幸せなんだ。

恋愛下手な夫と、純情な妻か……。

我ながら先が思いやられるな。

苦笑しながら見上げた空に飛行機が見えた。もし、あの飛行機に香乃子がひとりで乗ってしまったら――。

「あ、飛行機」

雲の合間から見える飛行機を、香乃子が目を細めて見つめる。

たとえ、この時折胸を焦がすような感情に答えがだせなくても、これだけは言える。

それはダメだ、香乃子だけを帰すわけにはいかない。

この手だけはもう離さない。そう思いながら握る手に力を入れた。

憧れのコッツウォルズ

十二月に入り、ロンドンはすっかりクリスマスモードだ。

我が家にも大きなクリスマスツリーを飾ってある。

私の背丈ほどあるこのツリーは、ある日真司さんが抱きかかえるようにして持ってきた。

ふたりでロンドンの街を散歩していたときに、私がツリーに目を留めたのを彼はちゃんと覚えていてくれたらしい。

きっと羨ましそうに見ていたんだろう。そう思うと恥ずかしいけれど、実際私は欲しいなと思って見ていた。

実家では父がこういうイベントを嫌ったせいでツリーはなかった。食事だけはターキーやケーキが出てきたけれど、そういえばクリスマスプレゼントは母や家政婦さんからしかもらっていない。

真司さんの家は違ったらしい。このツリーみたいに大きなクリスマスツリーがリビングに飾られていて、ツリーの下にはプレゼントが置かれていたという。男の子だったからか、あまり興味はなかったそうだが、想像しただけで私の胸は躍った。

「あ、また増えてる」

シャワールームから出てきた真司さんが、今日加えたばかりの新しいオーナメントを指先でつつく。それはスノードームのように冬の景色を閉じ込めたもので、揺れたボールの中の雪だるまが舞い上がった雪に覆われる。

「かわいくてついつい」

子どもの頃の憧れからか、こんなふうに飾れるのがうれしくて堪らないのだ。街で見かけるたびについ買ってしまう。

「綺麗だな」

もう一度オーナメントを指でつつく真司さんは、優しくて温かい。私の細やかな希望を見逃さずにすくい取って、叶えてくれる。

ふたりでクリスマスツリーを見つめる幸せな時間。これが最初で最後かと思うと幸せと、同じ分だけ悲しくなる……。

「なあ香乃子、あさっての休みに、コッツウォルズに行かないか？」

コッツウォルズ？

思いがけない誘いに、驚きとともにうれしさが弾ける。

「は、はい！　行きたいです」

憧れのコッツウォルズ。中世の雰囲気が残る美しい観光名所だ。

絵本からそのまま出てきたような石造りの村や、近くにはシェークスピアの故郷、ストラトフォード・アポン・エーボンもある。ロンドンにいるうちに一度は行きたいと思っていた。

まさか真司さんと行けるなんて。

「ヴィラが借りられそうなんだ。一泊すれば十分楽しめるだろうし」

えっ？　い、一泊？

喜びも束の間、ハッとして息を呑んだ。

これまであちこち出かけたけれど、泊まりの旅行は一度もない。私たちは新婚旅行すらない契約夫婦だ。寝室すら別なのに、一泊とはいえ泊まりとなると私にはかなりハードルが高い……。

「今ゆっくりしないと、次はいつ休めるかわからないからな」

見れば、真司さんはにこにことすっかりその気になっている。

知らなかったとはいえ、喜び勇んで行くと言った手前、今更迷いを見せるわけにもいかなそうだ。

どうしよう……。ロンドンからコッツウォルズは車で二時間程度の距離。てっきり日帰りだと思っていたのに。

ちらりとカレンダーを見てみた。

確かに彼の言う通りだ。今度の休みを除けば、予定はみっちり詰まっている。レセプションだけでも一日おきにある。日本大使館主催のものもあるし、私もアフタヌーンティーやランチに呼ばれていて、気が休まるときがなさそうだ。

ヴィラには寝室はいくつかあるよね？

あると信じよう。だって、せっかく真司さんが誘ってくれたのだから……。

――というわけで。

二日後の朝、私たちは早速車に荷物を積んで出かけた。

プライベートな旅行なので服装はラフに。セーターにコートを羽織り、ボトムスはジーンズにブーツというスタイル。真司さんもほぼ同じ。違うのはセーターの色とブーツの長さくらいか。彼はショートブーツだ。

真司さんは白いタートルネックのセーターにグレーのコート。私は深紅とまではいかないけれど赤いセーター。お互いに似合うと言った色を着て「紅白でめでたいな」と笑い合う。

気恥ずかしかったけれど、着てよかった。

彼は本当に優しくて爽やかな人だ。私が似合うと言った白を、なんでもなさそうにさらりと身につけて明るく笑う。

こんなに素敵な人が、期間限定とはいえ自分の夫だなんて夢を見ているみたい。

幸せ溢れるロンドンの夢……。

「今夜の料理は任せてくれ」

思わず「えっ」と驚いて、運転席の彼を振り向いた。

実家では父も兄も、キッチンは女の領域だといわんばかりに近寄りもしないのに、真司さんはそんな時代錯誤な壁を作ったりしないようだ。

正直、私は真司さんが作った料理を食べてみたい。想像しただけで胸が躍るけれど、それでは甘えすぎだ。こうして運転して連れて行ってくれるだけで十分。

遠慮しようとすると——。

「その代わり味は保証できないぞ？」

茶目っ気たっぷりにそう言われて、思わず笑った。この和やかな雰囲気に水を差したくない。せっかくの厚意だもの、ここは素直に受け入れよう。

「じゃあ、お言葉に甘えて」

期待に胸は弾み早くも気分は最高潮。途中スーパーに寄って食材を買い込んだ。今夜と言わず、滞在中の食事の用意はすべて真司さんがしてくれるらしい。なにを作るかは秘密だと彼は言うけれど、魚介類にニンニクにサフランとくれば、察するにパエリアか。ローストビーフは朝食のバゲットに挟むのかもしれない。ローズマリーは根菜類や鶏肉とグリルかな？

彼が作ってくれるというだけで、どんな料理でも絶対に美味しくなる。わくわくする気持ちが魔法のスパイスになるから。

「飲み物はどうする？　シャンパンと……モルドワインはどう？」

「いいですねー。そうしましょう」

モルドワイン。ロンドンに来るまでは私はホットワインと言っていた。ワインにフルーツや香辛料を入れて温める。体の芯から温めてくれる冬の定番ドリンクだ。

「じゃあワインに合わせるスパイスは君に任せよう」

「はーい」

柑橘類のほかにシナモンやクローブなどのスパイスとドライフルーツをいくつか。そしてハチミツも。

興味深そうな彼に簡単に説明した。シナモンは体を温めてくれて胃腸を整え、クローブは消化を促して鎮痛・抗菌そして抗酸化の作用がある。

「なるほどなぁ」

逐一関心を示してくれるので、彼と話をするのは楽しい。実家では誰も私の話に耳を傾けてくれなかったから余計に。うれしくて心が温かくなる。

買い物を済ませ、話をしているうちに目的地コッツウォルズに着いた。

夕暮れは早く、なにしろ四時には暗くなってしまうから、ヴィラに荷物を置いて早速観光に出かける。

まず向かったのは、蜂蜜色の村カッスル・クーム。

「うわー。タイムスリップしたみたい」

重厚な石造りの家々が並び、五百年前とほぼ変わらないという風景が広がっている。まるで絵本の中に入り込んだよう。

とても静かだ。ロンドンの喧騒に慣れた耳に、鳥の囀(さえず)りが響く。

「ずっと来てみたかったんです」

いつかは必ずと思っていたが、当然ひとり旅のつもりでいたのに、振り向くと真司さんがいて、うれしさが倍増する。

「真司さんは来たことがあるんでしょう？」

「ああ、要人の観光案内でね。来たというだけだから、楽しむのは今日が初めてのようなものだな」

それはそうだろう。仕事じゃ落ち着いて観光どころじゃないに違いない。

彼は目を細めて辺りを見回す。

「気持ちいいなぁ」

「本当に」

手を繋ぐのは、いつの間にか習慣のようになった。彼が手を差し出して私が掴む。まだ慣れないけれど、こうしていると安心する。

泳ぐ魚をふたりで覗き込みながら川沿いの道を歩き、目に留まったショップに入ると、真司さんが素敵な缶入りの紅茶を買ってくれた。

「どうぞ、紅茶好きの奥さんへ」

「あ……ありがとうございます」

私が紅茶が好きだと気づいてくれていたんだ。

うれしさとともに、彼がなにげなく口にした〝奥さん〟という言葉に、胸がキュンと疼く。

次に立ち寄ったのは、イギリスのある詩人が〝イングランドで一番美しい村〟と讃えたバイブリー。十四世紀に立てられた石造りのコテージに興奮を隠せない。

「真司さん真司さん、アーリントン・ロウですよ！　すごくうれしい！」

「そうか。よかった」

「一緒に写真撮りましょう、真司さん」

今日ばかりは素直な気持ちで彼と楽しもう。恋人同士のように頬を寄せ合って、アーリントン・ロウを背景に写真を撮る。

「どれどれ」

画面で写真を確認するとふたりとも満面の笑みで「楽しそう」と笑い合う。

冬なので観光客は少ないが、日本人の観光客らしき人も見かけた。

スリや窃盗などの被害に遭いませんようにとつい心配してしまう。自分が一旅行者だったときはそんなふうに考えたりしなかったはずが、外交官の妻という自覚がいつの間にかついたようだ。

ふと若い日本人のカップルが目に留まった。男性はスマートフォンショルダーを首から下げている。

真司さんも同じ男性が気になったらしい。私に待つように言うと、彼に近づき声を掛けてから戻ってきた。

男性は何度か彼に頭を下げて、上着の内ポケットにスマートフォンを入れて上着の前を閉じている。

やれやれと彼はため息を吐く。

「ここで盗難にあったら知らぬふりはできないからな」

スマートフォンを機種がわかるよう剥き出しの状態で、首にストラップで掛ける行為は、日本ならいざ知らず海外では危険だ。なくさないようにという気持ちはわかるが、少なくとも本体を見せているのはよろしくない。

「なんだかんだいって、東京は安全な街ですからね」

「そうだな。それが悪いことじゃないんだが、無防備だという自覚をしてもらわないと。自分だけじゃない、日本人が犯罪のターゲットにされてしまう」

彼の言う通りだ。

でも、本人に直接忠告する彼は立派だと思う。外交官とはいえ、今はプライベートな時間である。無視しても、誰にもなにも言われないし、もしさっきの彼が盗難被害に遭っても真司さんのせいじゃない。

真司さんは、いつだってどこだって外交官だ。

日本人を守るという意識を忘れない彼を、私は尊敬している。束の間とはいえ彼の妻だというのが誇らしい。

ヴィラには、我が家よりも大きなクリスマスツリーが飾ってあった。

暖炉の炎は見つめるだけで心まで温かくなってくる。

ちらりとキッチンを見れば、真司さんが手際よく料理をしている。独り言が聞こえて心配になり、近づこうとすると止められた。出来上がるまで、秘密だからダメだと言うのだ。

暖かい部屋に漂ってくる美味しそうな匂い。ふかふかのソファーに座ってテレビを見ながら、彼が作ってくれる料理を待つ至福のとき。

こんなに幸せでいいのかな……。

彼の優しい人柄はお見合いの日の翌日に私の部屋に来たときからわかっていたけれど、そうは言ってもよく知らない他人だ。一緒に暮らすのはもう少し大変だと思っていたし、苦労する覚悟でいたのに、少しも辛くない。

むしろ楽しい毎日で、一年の契約結婚だということを忘れてしまいそうになる。

「さあ、できたぞー」

「はーい」

慌てて立ち上がると、ダイニングテーブルにはすでに料理が並んでいた。

「うわー、すごい」

パエリアと、鶏や野菜のグリル。ポタージュもある。メニューは予想通りとはいえ、取り分けて食べるようにドンと豪快に盛り付けてあって、感動のあまり胸がハッとするほど豪華な食卓だ。思わず興奮してしまう。

「なんとかなったな」

「なんとかどころじゃないですよ。レストランの料理みたいです！」

「食べるとがっかりかもだぞ？」

笑いながら真司さんはポンッと軽快な音を立ててシャンパンを開ける。

さあ楽しい食卓の始まだ。

「コッツウォルズに乾杯」

「乾杯ー」

彼が作ってくれたパエリアは、底が少し焦げたところが香ばしくて、どのレストランで食べるパエリアよりも美味しかった。グリルの野菜やジューシーな鶏肉も、なにもかも想像以上。

「真司さん、すごく美味しいですよ！」

あははと彼は笑う。

「それはよかった」

ひと通り食事が終わった後はソファーに移動した。映画でも見ながら飲もうという話になり、真司さんはラブストーリーを選んだ。

ツリーのオーナメントが輝き、暖炉の炎と間接照明だけの部屋で、こんなふうにソファーに並んで座りモルドワインを飲むなんて、それだけで酔いそうなのに、テレビ画面に映る恋人たちはキスをする……。

不意に「そういえば」と真司さんが言った。

「香乃子は、男の撃退が上手いな。誰かに教わったのか？」

「え？　上手い？」

上手いと褒められても、なんのことだかわからない。何度か男性のナンパを断っているが。

「ほら、この前シャンパンゴールドのドレスを着ていたときだ」

あ……。

「毅然としていてかっこよかったぞ」

思わず苦笑する。彼が助けに来てくれて、どれだけホッとしたか。

もし彼らの手が伸びてきたらどうしたらいいのか。パーティーで悲鳴をあげるわけにはいかないし、ピンヒールで素早く動ける自信もない。

ほぼ同時に周りにいた女性も助けに入ってくれたからよかったが、正直言うととても怖かった。

「奴らは許せないが、君がはっきり断っているのを見て感心したよ」

「ああ、あれはナオミさんに教えてもらったんです」

ロンドンに来て間もない頃だ。とあるレセプションで酔った男性客に絡まれた。客は庭で星を見ようと、しつこく誘ってきたのだ。

ちょうど真司さんは要人と話をしていて、私に背を向けていた。

こんなときはどう対処したらいいのか。無下に断って客を怒らせて問題になっては真司さんにも迷惑をかけてしまう。途方に暮れていたところに現れたのがナオミさんだった。

彼女は毅然と「ＮＯ！」と怒り、客は呆気なく引き下がった。

『香乃子、こんなところで事を荒立てたくないのは、むしろあの客のほうなのよ。あの男はね、あなたなら強引に言えばなんとかなると甘く見ているの。遠慮はいらないわ。思い切りキツく断りましょう』

彼女は厳しい表情や、断る態度までよく教えてくれたのだ。

「――というわけで、それからは真司さんが隣にいないときは、絶対に隙を見せないぞ！って構えているんです。おかげで今はほとんど絡まれないですから。この前は、たまたま」

真司さんの返事がない。あれ？　どうしたんだろうと思って振り向くと、苦悶の表情を浮かべた彼が「ごめん……」と絶句する。

「えっ？」

「そんなことがあったなんて。俺、知らなかった」

額に手をあてて頭を振る真司さんの様子が、あまりに深刻そうで困ってしまう。

「い、いいんです、大丈夫です。真司さんのせいじゃないし、それに私、なにも被害には遭ってないですから本当に」

えっ――？

不意に彼は、私を抱きしめた。

「俺が大丈夫じゃない」

突然のことに動揺して固まってしまう。

真司……さん？

頬に真司さんの首筋が触れる。両腕にしっかりと包み込まれて、高鳴る心臓の音が彼に伝わってしまいそうだ。

苦しさに呼吸を忘れていたと気づき、慌てて息を吸いこむと真司さんの整髪剤の香りに鼻腔が満たされた。すでに酔っているせいか、爽やかないい匂いにくらくらしてくる。

「あ、あの……」

ゆっくりと体を離した彼は、私の瞳を見つめてくる。

「香乃子、今後は決して君から目を離さないようにするが、男に絡まれたら俺に必ず言ってくれ」

「は、はい」

「君は、本当に――」

彼の右手が私の頬に伸びてくる。そのまま、顔も近づいてきて……。

ハッとして瞼を閉じ、息を呑んだとき、唐突に電話の呼び出し音が鳴り響いた。

そっと目を開けると、テーブルの上に置いてあった真司さんのスマートフォンが音と一緒に振動していて、彼は苦笑を浮かべつつ、私から離れた。

今なにが起こったのか。心臓がまるで別の生き物のように暴れて仕方がない。落ち着いていられなくて、キッチンへ向かった。

そっと見ると真司さんはスマートフォンを持って、窓辺に立っている。

もしかしてキスしようとしたの？

まさか、違うわよね？　また私の唇になにかついていたんでしょう？

冷蔵庫からミネラルウォーターを取り出して、顔の火照りを冷ますためにごくごくと飲んだ。それからティッシュで唇を拭いてみたけれど、なにもつかない。

酔って混乱しているのだと、大きく息を吸う。

考えちゃいけないと自分を戒めた。私たちの未来はあと、数カ月だけ。どんなに綺麗に輝いても長くは続かない。

キッチンの窓に近づいて、空を見上げた。

ゆっくりと息を吸うと、ガラス越しにも外の冷たさが伝わってきて、胸の熱を冷やしていく。

十二月のコッツウォルズの夜空は、私の心のように雲が漂い、美しいはずの月も星も見えなかった。

楽しかった一泊旅行はあっという間に終わり、浮かれ気分に活を入れるように忙しい日常が戻ってきた。

今日は、大使夫人のお手伝いでショッピングに行った。ショッピングと言ってもただの買い物じゃない。お客様に渡す手土産の調達で、日本をアピールするために日本製あるいは日本産のもの。更には受け取ったお客様が今後自分でも手に入れられるように、街中で見つけようということになったのだ。

無事、青森(あおもり)のリンゴに決まりホッとしたところで夕食の準備をしていると、真司さんが帰ってきた。

「隙をみて帰ってきたよ」

苦笑しながら、彼はため息を吐く。ここ数日、帰りは九時過ぎだったから疲れているに違いない。

「お疲れ様です」

「実は、母が突然こっちに来ることになって」

「えっ？　お義母さまが？」

「ああ、飛行機のチケットが取れたらしくて、こっちには二日間、友人とふたりで来るそうだ。いきなり案内よろしくとか、呆れるよ。それでなくても忙しいのに」

真司さんは不満たらたらだけれど、お義母さまの気持ちはわかる。

リージェントストリートのクリスマスイルミネーションをはじめ、十二月のロンドンは街がラッピングされたように綺麗なのだ。

「私がロンドンをご案内しましょうか？」

「いや、いいよ大丈夫。勝手に見て回るさ。君だって疲れているんだから」

彼はそう言うが、ガイドを探そうとしているのがみえみえだ。

でも、人気のガイドは随分前から予約が入っているので急だと難しいはず。

「大丈夫ですよ。二日間だけですし」

お義母さまとなると、赤の他人を案内するよりも緊張するけれど、忙しい彼に代わって私ができることは限られている。せめて、こんなときぐらいは頑張りたい。

「任せてください」

にっこりと笑って、半ば強引に案内を買って出た。

そして三日後。お義母さまとお義母さまの友人が到着し、真司さんと私はヒースロー空港に迎えに行った。

お義母さまは私と同じくらいの年齢と思われる女性と現れた。友人と聞いていたのでお義母さまと同世代かと思ったが……。

「こんにちは、香乃子さん。こちらイチノセキリカさん。彼女のおうちとは家族ぐるみで仲良くしていて、小さい頃は真司と兄妹と間違われるくらいだったのよ」

「リカです。お世話になります」

目を奪われるほどの美人なので、呆気に取られてしまった。慌てて頭を下げる。

「ようこそロンドンへ」

挨拶を済ませてから、ふと思い出した。

イチノセキリカ……。

いつだったか、真司さん宛てに日本からエアメールが届いた。

差出人は、一ノ関李花（いちのせきりか）——。間違いない。芸名かと思うような綺麗なフルネームだったので覚えている。

あの手紙を見たとき、なんとなく胸がざわついたのだ。もしかしたら真司さんの恋人かもしれないと思ったから。

彼がこの結婚を一年でいいと言った理由と、関係あるかもしれないと……。

「お久しぶり真司さん。お変わりありませんか？」

彼女は彼に、大輪の花を咲かせたような鮮やかな笑みを向ける。

「おかげさまで」

「真司さんがあまりにもロンドンのクリスマスを褒めるものだから、来ちゃいました」

「えっ？　そんなに褒めていたかな」

彼がどんなふうに笑って答えているのか、少し後ろにいる私の位置からは見えない。

でも、ふたりが親しいことは会話の様子からもわかる。

気にしちゃいけないと思うのに、チリチリと胸が痛い。自ずと視線は下がり、私は会話に花を咲かせる三人の後ろについて歩いた。

車のトランクに荷物を載せて、ひとまず私たちのフラットに招いた。

「どうぞ」

「おじゃまします」

真司さんが李花さんをどんな目で見るのかが気になり、視線を追いそうになって慌てて横を向いた。

そんなことを気にしている場合じゃない。

今日はこれからランチに出かけて彼女たちを一旦ホテルに送り、夕方私だけが迎えに行き夜のロンドンを案内する。そのままディナーを済ませて、またホテルに送る予定だ。失敗のないように頭の中で手順を確認する――。

おふたりのコートを預かり「どうぞ」と、ソファーを勧めた。

「ねえねえ真司さん、この写真見て。懐かしいでしょう？　おばさまが見つけてくださったの」

「かわいいわよねー、真司が李花ちゃんを背負って――」

なんとなく入れない雰囲気を感じ、私はそっとキッチンに移動して紅茶の準備をはじめた。

お湯を沸かしながら、彼女たちの話を聞くとはなしに耳を傾けた。

「おばさまと相談して、日本らしいお土産を空港で買ったの」

「私じゃ決められなくて、李花ちゃんはセンスがいいからお任せしたのよ」

李花さんは、艶めく長い黒髪を耳にかけバッグに手を伸ばす。

抜けるように白い肌、切れ長の目もとをした彼女は、誰もが認めるような正統派美人だ。和柄を思わせる濃紺のワンピースもよく似合っていて、空港でも男性のみならず女性の目も惹きつけていた。

ティーカップを置きながら視線を向けたテーブルには、彼女が並べた土産物がある。茶道では必需品の懐紙や、あぶらとり紙、こけしのキーホルダーなど、綺麗で気が利いたものばかり。

「ありがとう」

真司さんが礼を言い、お義母さまが「素敵でしょ」と絶賛する。

ひと言でいいから、私も話に参加してみようと思うのに、とうとう最後までなにも言えなかった……。

そして三日後。

ロンドン滞在を終えて彼女たちは次の観光地パリに向かった。

空港での見送りを済ませると、真司さんがホッとしたようにため息を吐く。

「本当にありがとう、助かったよ。ふたりとも喜んでいた」

そう言ってもらえるのはうれしいが、喜ばせるどころか、むしろ怒らせてしまった私は気が重い。

「そうだといいんですけど」

「もしかして気にしている？」

ハッとして振り向くと、彼が心配そうに私を見ていた。

「母から聞いたよ、スマホの件」

あっ……。

真司さんに報告するつもりでいたが、お義母さまに、心配をかけたくないからと口止めされていたのだ。

「すみません、私がもう少し強く忠告しておけば」

「――君のせいじゃない。気に病まないで」

「私はいいんです。でも李花さんはショックだったでしょうし。今回の件で、ロンドンを嫌いにならないでくれるといいんですが」

ふたりが到着したあの日、タクシーでホテルへ迎えに行ったとき、李花さんが片手にスマートフォンを持っているのを見て私は動揺した。その様子があまりに不用心に見えたのだ。

李花さんが手にしていたのは、ひと目でそれとわかるハイエンドモデルのスマートフォンだった。しかもカバーもまた人気のハイブランド。彼女は目につくものすべてを気軽に撮っては、コートの外ポケットに入れて歩いている。

これはまずいと思った。コッツウォルズで真司さんが日本人旅行者に注意した通り、スマートフォンは狙われやすい。キャッシュレス決済も進んでいるので、ある意味財布よりも標的にされる。

内ポケットがない服なら、面倒でもストラップをつけてバッグと繋いでおくとか、なにかしら対策をしたほうがいい。

悩んだ末、彼女が嫌な思いをせずに済むよう、『あの……スマートフォンはスリに狙われるので、外ポケットには入れないほうがいいかもしれません』と、李花さんだけに聞こえるようそっと忠告した。

彼女は『そう。ありがとう』と笑って、また外ポケットの中に入れた。

そして結局、盗難の被害に遭ってしまった。目の前にチラシを差し出され、立ち止まった瞬間にポケットに手を入れるという手口だった。私は案内のために前を歩いていたので気づかなかった。

スマートフォンがなくなったことに気づいた彼女は泣き出したが、もう遅い。人混みを振り返ったところで、犯人はすでに消えていた。

聞けば今回の旅行用に買ったスマートフォンで、写真しか入っていないらしい。

『それは不幸中の幸いでした』と、私はホッと胸を撫で下ろしたが、その言葉は、彼女の心を逆撫でしてしまったようだ。

彼女は『二度と同じ写真は撮れないわ』と言って更に泣いた。

もう少し私が強く言えばよかったのだ。遠慮したばっかりにと反省したが、後悔先に立たず。『私、なにも知らないから』と、泣き続ける彼女をどうすることもできなかった。

結局お義母さまが新しいスマートフォンをプレゼントして宥(なだ)めたが、それ以来彼女は私を避け、お義母さまにしか話しかけようとしなかった。

楽しいはずの旅行に水を差す結果になってしまって、申し訳なかったと思う。

「男にも絡まれたんだろう？」

「あっ……はい」

李花さんのリクエストでパブに行ったときのことだ。ロンドンのパブは子どもも入れる比較的安全な店が多い。スマートフォンを奪われて悲しむ彼女が少しでも元気になればと思い、真司さんと一緒に行ったことのある店に入った。

店では問題はなかったが、私が会計を済ませて外に出ると、先に出ていた李花さんが男に絡まれていた。

慌てて男を撃退したけれど、彼女は再び泣きだしてしまって——。

男はただ誘っただけだと苦笑して行ってしまったが。首筋にまでタトゥーが入った体格のいい男だったので、ふたりとも怖かったと思う。

「母が感心していたよ。君が毅然と対応していたって」

「そんな……」

私がしゃしゃり出ず、もっと見るからに強そうな男性にボディガードを兼ねてガイドを頼んだほうがよかったのだ。そうすればもっと強く忠告するなりして、彼女を守れたはず。

違う、そうじゃない。

『真司さんが案内してくれるはずだったのに』

泣きながら言っていた彼女の言葉が、心に重く伸し掛かる。

『あなたが変にヤキモチやくから、彼が遠慮したんじゃない』

私だけに聞こえるように彼女はそう言った。

そんなつもりじゃなかったのに。なにもかも、案内を買って出た私がいけなかった……。

「とにかく、君には感謝している。ありがとう。君ひとりに頼り切ってしまった俺もいけなかったんだ。ごめんな」

微笑みを返したものの、笑顔が歪みそうになる。

彼は優しいから、私に気を遣ってそう言ってくれるが、やっぱり後悔している。

私に頼んだのが失敗だったって。

優しい言葉のベールで本音を隠し、相手を傷つけないように思いやる。それが私たちの形。

わかっているのになんだか寂しくて、悲しい。

私はどうすればよかったのだろう。彼の妻として、外交官夫人としてどうすればよかったのか。

李花さんが〝あなたが変にヤキモチやくから〟と言ったように、私の心のどこかにそんな疚しさがあったのだろうか。本当になかったと言い切れるの？

悶々と考え込んでいた次の日、私は珍しく体調を崩してしまった。


「すみません」

朝になっても起きてこない私を心配して、真司さんが寝室に様子を見にきてくれた。

そのときまで気づかず夢の中にいた私は、うなされていたらしい。

「いや、いいんだ。そのまま寝てて。きっと疲れたんだろう。お昼に様子を見に来るからそのときの様子で病院に行こう」

「はい」

一応返事はしたが、後でお昼は戻らなくても大丈夫だと連絡を入れよう。今日も今日とて彼は忙しいのだ。私に時間を使わせては申し訳ない。

本来なら今夜は私も出席するはずのレセプションがあるのに、この状態では無理だ。頑張らなきゃと思うのに、体温計を見ると熱はしっかりあって悲しくなる。

真司さんが優しいだけに、なおさら心苦しい……。

実家では私が体調を崩すと、父の機嫌が悪くなった。

自己管理がなってないと怒りだし、母が私の心配をするのも許さなかった。私は母まで父に叱られるのが嫌で、無理をして学校に行き、結局辛くて保健室で休ませてもらったこともある。

体調を崩さないよう細心の注意を払い、いつしか風邪もひかなくなっていた。

それなのに今回はどうしちゃったんだろう。

クリスマスシーズンの今、今夜だけじゃなく明日の夜もレセプションがある。寝込んでいる場合じゃないのに。

情けないな。外交官夫人の自覚が足りなかったかな……。

熱でぼうっとする頭に、李花さんが浮かぶ。

彼女とお義母さまはまるで家族のようにとても仲がよくて、私が入り込む余地なんてまったくなかった。

彼女と真司さんの間にも、私の知らない歴史がある。

『真司さん、これ好きでしょう？　持ってきたわ』

彼女が差し出して、真司さんが喜んで受け取っていたのは奈良漬けだった。

彼が奈良漬けを好きだなんて知らなかった。

私は奈良漬けが嫌いというわけではないが、いつ食べたのか思い出せない。そのくらいなじみが浅く、ここが日本でも食卓には出さなかったと思う。彼が好きだとも知らぬまま……。

食に限らず、私が知らない多くのことを彼女は知っているんだろう。

そういえば彼の趣味はなんだろう？　休日に部屋に籠もっているときは、なにをしているの？

ふたりで旅行してうれしくて、舞い上がっていた。ヴィラでちょっと距離が縮まった気がして浮かれてバカみたい。

一緒に暮らして、私は彼のなにを知っているの？　いったいなにを。

目もとが熱くなりハッとして指で涙を押さえる。

悲しさが込み上げてくるのは熱があるからだ。体調が悪くて心細いだけ。大丈夫、本当に悲しいわけじゃない。

休もう。とにかく今はゆったりと休もう。体が元気になりさえすれば、またちゃんと笑える。あと数カ月頑張って、契約を全うしなきゃ——。

そう思ううちいつしかぐっすりと寝入ってしまったらしい。額にヒヤリとしたものを感じて目を覚ました。

「あっ」

目の前に真司さんの顔があり、慌てて起き上がろうとして止められた。

彼はアイス枕を交換してくれる。

「ありがとう、ございます」

「いくらか下がったようだが、まだ熱があるね。どう？」

「随分楽になりました。すみません……忙しいのに」

来ないでいいと連絡するはずが、私ったらあのまま眠ってしまったのか。

「大丈夫。このまま午後は休みを取ったから心配しなくていい」

「えっ？　そんな」

彼は首を横に振る。

「休む理由ができて助かったよ。どうしても今やらなきゃいけない重要な案件があるわけじゃない。俺もちょうどゆっくりしたいと思っていたんだ」

にっこりと微笑む彼は「だから心配しないように」と布団を直す。

「いつも頑張ってるんだ。こんなときぐらい、俺に甘えて」

戸惑いつつ思わず頬が緩んでしまう。

正直な気持ちを言えば、とってもうれしい。眠る前に私を襲ってきた悲しみが、彼の微笑みの前に、すっかりなりを潜めたようだ。

「食欲はどう？　なにか食べられそうか？」

まだ食欲はないが、食べなければ早く元気になれないしと考えて冷蔵庫にヨーグルトがあるのを思い出した。それを彼に頼む。

しっかり寝て汗をかいたおかげか、頭はすっきりとしている。あと一日くらい休めば体調は戻りそうだ。具合が悪いせいでよからぬことばかり考えてしまったが、元気になれば私は平気。まずは体調を取り戻すのが先決だ。

目を閉じてゆったりと呼吸を整えると、いい匂いに気づいた。

加湿器から吹き出す蒸気にエッセンシャルオイルが含まれているのか、スパイシーな香りがして、喉が気持ちいい。

ふとベッドサイドを見ればキャスターつきの棚の上に洗面器とタオルがあった。手を伸ばして触ってみると水は温かく、体を拭くために持ってきてくれたようだ。

こんなにいろいろ気が利くなんて、真司さんは随分まめな人だなと感心していると、部屋のドアがノックされて彼が入ってきた。

手にしたトレイにはヨーグルトのほかに、カットフルーツが入ったガラスの器がある。

「君はフルーツが好きだから、食べるかなと思って」

「ありがとうございます」

うれしい。遠慮して言わなかっただけで本当は食べたかった。

「病院はどうする？」

笑って、ふるふると頭を振る。

「風邪くらいで行ったら、こっちの人に笑われちゃいますから」

確かに、と真司さんと笑い合う。

イギリスは医療費が無料である代わりに、症状によってはすぐに予約が取れず先延ばしにされてしまう。待っているうちに治ってしまうくらい長く。資産家は全額負担のプライベート医療に頼る。

だが一般的には、風邪ならば寝て治せというスタンスだ。

郷に入っては郷に従え。私も自力で治さなきゃ。

「アロマ、喉がとっても気持ちいいです」

加湿器にはやはり、喉に効くエッセンシャルオイルを入れてくれたようだ。

「よかった。皆に教えてもらったんだよ。なにをどうすればいいかわからなくて」

「そうだったんですね」

「夕食は鶏肉のシチューにしようと思うんだ。問題は果たして俺にできるかどうかだけど」

彼は肩をすくめるが、美味しいに決まっている。パエリアもだが、彼が作ってくれたものはどれもこれも美味しかったから。

「とっても楽しみです」

「今回こそ、味の保証はしないぞ？」

明るく笑う彼を見ているだけで、元気になれそうだ。

「――真司さん、私がフルーツが好きだって気づいていたんですね」

彼は「もちろんさ」としたり顔だけれど、私はそんな話をした記憶がない。

「だって君は本当にうれしそうにフルーツを食べるからね」

「えっ、そんなにわかりやすかったですか？」

あははと笑う彼は「毎日一緒にいるんだぞ？」と、小首を傾げる。

「君は、毎日なにかしらのフルーツを食べてるだろ？」

それもそうだ。好きじゃなきゃ毎日は食べない。……じゃあ、真司さんは？

「真司さん、奈良漬けが好きだったんですね」

「あー、あれか。一ノ関さんの親戚が作っているとかで、よく母がもらってくるんだ。好きっていうか、家族では俺しか食べなくて。奈良漬けを見るとまた俺が食べるしかないのかってね。思わず苦笑いしたわけさ」

苦笑い？　そうだったの？

「じゃあ、特別好きというわけではないんですか？」

「まぁなんというか、一年に一回くらいは食べてみたいかなっていう程度かな」

「ああー、なんとなくわかるかも。私もたまにワサビ漬けが食べたくなります」

真司さんはピンと指を立てて「それだ！」と頷いた。

「ワサビ漬けもそうそう。たまーに食べたくなる。うんうん」

なるほどと納得し合い、それからはお互いに好きな食べ物の話になった。

真司さんは、意外にも庶民的で鶏の唐揚げが好きだと知った。フライドチキンとはまた違って醤油の風味がする唐揚げがいいらしい。

「いつだったか、ホームパーティーで君が作って絶賛されていただろう？　あれは本当に美味しかったよ」

てっきりお世辞だと思っていたのに、本当に気に入ってくれていたなんて。

「じゃあ、元気になったらまた作りますね」

「ああ、よろしく頼む」

そんな話をしながら、ヨーグルトやフルーツを食べ終わるまで、彼は椅子をベッドの脇に移動させてずっと寄り添っていてくれた。

彼が部屋を出て、私は用意してくれたお湯を使って体を拭き、着替えて布団に潜り込む。

目をつむると、ときおりキッチンから音が聞こえてくる。カチャカチャと響くたびに、扉の向こうにいる彼を感じ胸がほっこりと温かくなる。

幸せだな、と思った。

私は今、とても幸せだ。

＊　＊　＊

「神宮寺さん、香乃子の具合はどうですか？」

「ありがとう。もう大丈夫そうだ。君に教えてもらったシチュー、無事喜んでもらえたよ」

「それはよかったです」

寝込んだ香乃子になにをしてあげたらいいか。彼女と仲のいいナオミさんに相談し、色々と教えてもらった。

「一番の薬は寄り添ってあげることですからね。忘れないでくださいよ」

笑って礼を言い、自分の席に向かう。

香乃子は母たちの付き添いで相当疲れたに違いない。

母の話ではまるで一流の添乗員のように、気を遣って案内してくれたようだ。

レストランの座席ひとつをとっても店員と交渉し、景色がよく見える場所に移動させてもらったり、好き嫌いのある一ノ関李花のために材料や味を細かく聞いてくれたという。

ただ、李花のスマートフォンの件については、母は『どうして香乃子さんは前もって教えてくれなかったのかしら』と言っていた。

コッツウォルズで俺が観光客に注意をしたのを知っているのに、なぜ彼女は李花に忠告しなかったのだろうかと疑問に思ったが、やはり違った。

『すみません、私がもう少し強く忠告しておけば』

言い方からして、忠告はしたが軽く流されてしまったのだろう。

香乃子は自分の意見を強く押し付けたりはしないから、聞き入れられなければそれきりにしたはず。今回の経緯を予想するに、おおかたそんなところか。

李花に絡んできた相手は、ガタイのいい男だったらしい。

香乃子の態度は立派だったと褒めたが、本当は立ち向かってほしくはなかった。ただのナンパ男だったからよかったものの、トラブルに巻き込まれる可能性もあるし、ましてや彼女に非はないのだから。

李花は背が高く身長一七〇センチはあり、ヒールのあるブーツを履いていた。まっすぐな黒髪は背中を覆い、いかにも高級ブランドの派手な服を着ていただけに、人目を引いたはずだ。

そんな李花を連れて歩く香乃子は気が気じゃなかっただろう。

今後は決して立ち向かおうとはせず、店に逃げ込んで助けを呼ぶようにと言いたかったが、今回のトラブルの責任は俺にある。派手好きなお嬢様である李花の性格を考えればわかったはずなのに、香乃子を傷つけてしまったことが本当に申し訳ない。彼女はなにも悪くないのだから。

李花はしばらくショックで泣いていたらしい。これに懲りて、いくらか反省しているといいが。

一ノ関李花。母が若い頃から通っている華道の家元のひとり娘である。

母と彼女の母親は長い友人だ。俺も李花を子どもの頃から知ってはいるが、特に親しいわけじゃない。見かければ挨拶を交わす程度の関係だ。

だが母は、俺が思っている以上に彼女と親密なようだ。

『どうして李花さんと来たんだ。彼女の母親と来るはずだっただろう？』

『いいじゃないの別に。お母様は都合が悪くなったのよ。真司だって李花さんを気に入っているくせに』

『はあ？　なんでそうなるんだ』

いったいどういうつもりなんだか。

もしかして、李花となにかあったのか？

母もいるからまさかとは思うが。香乃子が体調を崩したきっかけが、どうもあの日にあるような気がしてならない。

元気になったからよかったものの、香乃子、ごめんな……。やっぱり俺が案内すればよかったんだ。

後悔とともに深くため息を吐いたところで、スマートフォンが音を立てた。

表示は母からである。

【真司、あと一日だけ李花ちゃんに付き合ってくれないかしら】

「え？　どういうことだ？」

母と李花は今、フランスのパリにいる。だが、李花がどうしてもロンドンで買って帰りたいものがあるから、ひとりでロンドンまで来るというのだ。

その間母はパリの友人と過ごし、パリで李花の戻りを待つのだと。

「そんな勝手な」

【朝行って夕方にはパリに戻るの。ほんの数時間だけなんだから、いいでしょ。行きはユーロスター、帰りは飛行機でチケットは取れそうなのよ。李花ちゃん、ユーロスターに乗ってみたいんですって】

ちょうど母の友人の娘がユーロスターでロンドンに来る用事があるらしい。

「いや、そうは言っても。その娘さんは？」

【だめよ、ロンドンには用事があって行くの。真司、あなた、一ノ関さんには随分お

世話になってるでしょ。華道の――】

延々続きそうな説教に負けて俺が折れた。

李花の母親は華道の家元として、外交で世話になっている。東京にいた頃も各国の大使館における生け花のワークショップだったり、時には海外まで出向いてもらったりもする。無下にできない。

香乃子にはもう頼めないな……。

またなにか李花が問題を起こすかもしれないし、せっかく体調が戻ったばかりの彼女に無理はさせられない。幸いというか李花が来る日は休日だ。俺が案内できる。

本当はその休日を利用して香乃子を誘って買い物に行き、彼女にプレゼントを買うつもりだった。遠慮するだろうが、母の面倒を見てもらったお礼にと、強引にでも渡すつもりだった。

だが、仕方がない。機会はまだいくらでもある。今回はあきらめよう。

もうじきクリスマスだ。

家族水入らず、ふたりだけのクリスマスを計画しよう。プレゼントはこっそり買って、ターキーを焼いて。

最高に幸せで楽しい夜になる。

コッツウォルズでは、電話に邪魔されてうやむやになってしまったが、次は決して
そんな失敗はしない。なんとしても今度こそ。
香乃子が俺と一生一緒にいてもいいと思うだけの夜にする——。

すれ違い

真司さん、疲れているのに……。

昨夜もレセプションで帰りが遅かったのに、彼は朝早くから李花さんを迎えに行った。

『私がご案内しましょうか？』

前回の件もあるから不安ではあったけれど、彼の体調のほうが心配だ。だからそう申し出たのに……。

『いや、大丈夫。君は病み上がりなんだし、今回は俺が彼女に付き合うよ』

私はもうすっかり元気だった。私がダメでも、専門のガイドを頼むこともできたはずず。それなのに、彼は――。

考え込んでしまいそうになり、ペシペシと頬を叩く。

「ダメダメ」

真司さんと李花さんの問題なのに、首を突っ込んじゃいけない。

前回だって『真司さんが案内してくれるはずだったのに』と言われたばかりだ。

それなのにまた私が行ったら、嫌がるに違いないもの……。

掃除機をかけながら、しょんぼりとため息を吐いたとき。スマートフォンが電話の着信を告げた。真司さんからだ。

彼は今、李花さんを案内しているはず。

「もしもし？　真司さん」

【香乃子、すまないが交代してもらえるか？】

聞けば、急用で大使館に戻らなければならなくなったらしい。彼と交代するために、私は大急ぎで、待ち合わせのカフェに向かった。


タクシーから下りると、待ち構えたように真司さんが寄ってきた。

「すまない」

「大丈夫ですよ」

「フライトまではまだ余裕があるが、このまま空港に連れて行っていいから」

「はい。わかりました」

彼がタクシーに乗りこむと、カフェの入り口近くに立っていた李花さんが声をあげる。

「真司さーん、今日はありがとうー」

にこにこと彼が乗るタクシーに手を振る李花さんに近づいた。

「こんにちは、李花さん」

努めて明るく声をかけたけれど、私をちらりと見た彼女は不機嫌さを隠そうともせず大きくため息を吐く。

「あーあ、行っちゃった」

気にしないようにして、にっこりと笑顔を作る。

せっかく来たのだから少しでも多くロンドンを楽しんでほしい。思い切って聞いてみた。

「近場なら行けると思いますが、どこか行きますか？」

「もういいわ、あなたといてもつまんないし。空港に向かって」

振り向きもせず吐き捨てるように言われて、ぐっと耐える。

「じゃタクシーを拾いますね」

飛行機に乗るまでの短い時間だから、どうか我慢してほしい。祈るような気持ちでタクシーを拾う。

タクシーに乗ると、彼女が「ねえねえ」と、笑顔で話しかけてきたので、安堵しながら返事をすると、左手の甲を私に向けて差し出した。

「綺麗でしょう。私が不安だって言ったら、真司さんがね、買ってくれたのよ」

えっ？

彼女の薬指で指輪が光っていた。

小さいダイヤモンドが、ハートの形に並んでいる。

「そう、ですか。綺麗ですね」

胸がざわめいて、呼吸が辛くなり、ようやくそう答えた。

私が動揺する様がおかしいのか、李花さんは私を指さして、あははと声をあげて笑い出した。

「なにその顔。笑えるー」

ひとしきり笑うと、ハンカチを取り出して涙を拭いた。泣くほど笑ったようだ。

タクシーの運転手が随分楽しそうだねと声をかけてきたけれど、私は苦笑するしかない。

「あなた、一年だけの仮面夫婦なんだから、わかってたでしょ？　どうしたのよ、そんなに傷ついたみたいな顔しちゃって」

どうして……？

私は真司さんに一年でいいと言われていたが、それはふたりの間だけの秘密だと思っていたのに。

なにも言えずにいると彼女は続けた。

「私は生け花の活動があって、どうしても今年は彼についてイギリスに行けないから、代わりにあなたを連れて来ただけなの。年末に東京に戻ってくることになっているでしょう？ そのときに彼のご実家とも話を詰める予定なのよね」

クスクス笑った彼女は歌うように言った。

「彼も、その日を楽しみにしてるのー」

そうだったんだ……。

疲れていても無理をして彼女に付き合ったのは、そういう理由があったから。

真司さんがこの結婚は一年でいいと言ったのは――李花さんとの約束があったから……。

わかっていたのに、どうしてこんなに辛いんだろう。

それから十日あまりが経ち――。

明日はクリスマスという夜、真司さんは疲れた顔をして帰ってきた。

「大丈夫ですか？」

「一晩寝れば治るよ。明日は休みだしね」

笑顔も元気がない。

それもそのはずで、ここ最近、彼は休める日がなかった。

直近の日曜日も急な予定が入り、その日の夕方には在英邦人が巻き込まれるバスの事故があって対応に追われ、家に帰ってきたのは三日後だった。

その間、私は何度か大使館に行き、着替えや差し入れを届けた。

ナオミさんから聞いた話によれば、彼は献身的に対応していて、その姿勢にナオミさんも胸を打たれたという。

事故に遭われた方は結果的には軽傷で済んだけれど、頭を打っていたから当初は非常に心配な状態だったそうだ。真司さんは少しでも本人や日本にいる家族が安心できるようにと、寝る間を惜しんで事にあたっていたという。

東京との時差が九時間。東京の午前中はロンドンの深夜になる。両方対応するのだから、おちおち休む暇がない。

無理が祟ったのだ。大きな山を越えてホッとしたのかもしれない。そのまま寝こんでしまった。

もちろん彼だけが忙しいわけじゃないし、今回彼が倒れてしまったのは、ある意味タイミングが悪かったんだと思う。

休めるはずの日に彼は、李花さんと会って……。

思わず考え込みそうになり、ハッとして頭を振る。

今は彼の体調のことだけを考えなくちゃいけない。

冷やしたタオルと交換用のアイス枕を持って真司さんの寝室に入る。

彼は寝ているようだ。

静かに近づいて様子を見ると、息はいくらか落ち着いているが、顔が赤い。額に手をあててみたが、まだ熱がある。

冷たいタオルを、そっと額にのせた。

「……ん」

真司さんは重たそうに瞼を上げた。

「ああ、よく寝た」

「ごめんなさい。起こしてしまいましたね」

彼は布団を捲り上げ「はぁー」と、息を吐く。

「いや、いいんだ。今何時？」

「ちょうどお昼頃です」

起き上がり、彼がタオルを顔にあてている間に、アイス枕を交換する。

「はい。どうぞ飲んでください」

「ありがとう」

タンブラーに入った経口補水液を渡すと、彼はゴクゴクと勢いよく飲んだ。汗をかいて喉が渇いていたんだろう。

「まだ熱はありそうですけど、どうですか？」

「正直に言うと、ちょっと辛い」

「はい。正直でよかったです」

彼は力ない笑顔で笑う。

「食欲はありますか？」

「うーん、今はあんまり」

「わかりました。ちょっと待っていてくださいね」

急いでキッチンに行き、冷蔵庫からすりおろしリンゴを取り出し、生姜とハチミツを入れてお湯を注ぐ。最後に、輪切りのレモンを入れて。

寝室に戻り真司さんにカップを渡す。

「すりおろしリンゴがたっぷり入っているんです。飲むとホッとすると思いますよ」

「へえ、すりおろしリンゴか。ありがとう」

「着替えを出しておきますね」

「ああ、ありがとう」

真司さんのクローゼットは今まで開けたことはなかった。

洗濯は私がするが、畳んで彼の部屋に置いて終わりだ。なので、どこにパジャマがあるか今朝聞いたのだ。開けてみると同じ引き出しの中に下着もあったので、下着のありかは聞かずに済んだ。

「美味しいな」

枕もとに着替え一式を置くと、彼はカップを持ったまましみじみとため息を吐く。

「体力には自信があったのに。熱を出したのなんて記憶にないくらい昔なんだがなぁ」

「ロンドンは乾燥してますからね。口にするものも違うし、体が悲鳴をあげているんですよ」

「悲鳴か」

「ええ」と頷く。きっとこの前の私と同じだ。というか、彼は私の何倍も大変な日々を過ごしている。

ロボットだって電池が切れれば動けない。ましてや血の通った人間だもの、過労なら倒れて当然だ。

「とにかくゆったりと寝てくださいね。時々様子を見にきますから」

疲れさせちゃいけないので空いたカップを受け取り、部屋を出る。

扉を閉めようとすると「サンキュー」と聞こえた。

振り返って真司さんを見ると、彼はにっこりと微笑んでいる。少しやつれてはいるものの明るい表情に、ホッと胸を撫で下ろす。

キッチンに立ち、気合を入れた。

「さて、作り始めよう」

とにかく今は真司さんの妻として、精一杯頑張るだけだ。

サムゲタンを作ろうと思っている。高麗人参とナツメは買ってきた。お米にニンニク、生姜、香辛料の数々。鶏を一羽扱う自信はないので骨付きのもも肉で。

韓国では滋養食としてサムゲタンを夏に食べるそうだ。高麗人参もナツメも滋養強壮に効く。

クリスマスにサムゲタンというのも目新しい感じだが、きっといい記念になるはずだ。

コトコトと煮込んでいる間に、考えてみた。

私はいつまでここにいていいのかな……。

一年って入籍した日から？　それともロンドンに来てから？

その後、私はどうしよう。

李花さんはお正月に話を進めると言っていたから、もうあまり時間がない。いつ離婚が決まっても路頭に迷わないように、本気で考えなくちゃ。

実家には帰らないつもりだ。父が離婚を受け入れてくれるとは思えないし。とにかく今のうちから計画を立てなければ。住むところ、仕事──。

お鍋から聞こえるコトコトと煮込む音に耳を傾けながら、ダイニングテーブルに座り考え込んでいると、真司さんが寝室から出てきた。

着替えたようで、出しておいたパジャマ姿だ。

「どうですか？」

「随分楽になった」

真司さんは冷蔵庫からミネラルウォーターを取り出して飲む。ゴクゴクと勢いよく飲むので、枕もとに置いた水が足りなかったのかと心配になる。

「あー、冷蔵庫の冷たい空気が気持ちいい」

言葉通りため息も気持ち良さそうだが、まだ熱があるのかな。

「複雑な香辛料の香りがする」

彼は首を伸ばして鍋を覗き込む。

「ああそれは、サムゲタンを作っているんです。なんちゃってサムゲタンなんですけどね」

本物のサムゲタンは鶏一羽を使うし、骨が溶けるほど煮込む手間がかかった料理だ。そこまでは手間がかけられないので、簡易版サムゲタンだ。

「うわぁ、それは楽しみだ」

「サムゲタン好きなんですか？」

彼は首を傾げて考える様子を見せた。

「好きというか、今すごくサムゲタンが食べたい気分だな」

茶目っ気たっぷりの笑顔にあははと笑う。

真司さんは私の気分を上げるのが上手い。本人はまったく意識していないだろうけれど。

私が勝手に舞い上がって、胸を弾ませているだけだ。

だって彼には本当の恋人がいるから。

「さあ、それじゃあサムゲタンができあがるまで、もうひと眠りするか」

「はい。ゆっくり休んでください」

微笑んだ彼の後ろ姿を見つめていると、切なさに胸が押しつぶされそうになる。

一日遅れのクリスマス

夜には真司さんも随分元気になった。

もともと体力がある人だから回復も早いのだろう。おなかが空いたようで、大喜びでたくさんサムゲタンを食べた。

「すごく美味いよ」

「そうですか？　よかった」

拗らせなくて本当によかった。週明けから数日行けばもう年末年始の休みに入る。今度こそゆったりと休めるだろうから、あと少しの辛抱だ。

「明日、ふたりで一日遅れのクリスマスパーティーをしよう」

あまりに元気そうなのでクスッと笑ってしまうが「そうですね」と曖昧に答える。

もちろん私だってそうしたい。真司さんとふたりきりのクリスマスを、ずっと楽しみにしていたのだから。

でも期待はしないでおこう。今は元気そうに見えるけれど油断は禁物だ。ぶり返してしまったら大変だもの。

クリスマスケーキは作るつもりだ。イギリスでは日本のようなスポンジとクリームで作ったデコレーションケーキではなくて、ドライフルーツたっぷりのケーキを焼く。私もそのケーキを焼き、ロンドンのクリスマスの思い出にすればいい。

と、思っていたところ、翌朝彼は驚異の回復力を見せた。

「おはよう」

「おはようございます。随分元気そうですね」

思わずそう言ってしまうほど顔色もよく、声に張りもある。

しかもすでにシャワーを浴びたようで、濡れ髪をタオルで乾かしていた。

「早くに目が覚めちゃって、すっかり元通りだ。サムゲタンのおかげかな」

「あは、さすがサムゲタンですね」

あははと笑い合う。

出かけようかと本人は平気そうに言うが、空はどんよりと暗く今にも雪が降りそうだ。病み上がりの彼を連れ出すなんて私のほうが、気が気じゃない。

結局、料理は家にあるもので作るということになった。

私が予定どおりにドライフルーツのケーキと、午後から骨付きの鶏もも肉とジャガイモをオーブンで焼き、彼がパエリアを作った。コッツウォルズのヴィラでの楽しかった夜を思い出すメニューに、自ずと胸が弾む。

「すごく美味しそう。真司さんのパエリア、もうすっかり得意料理ですね」

できあがったパエリアは、赤いトマトにエビ、ムール貝にパプリカが絶妙なバランスで配置されている。

私が作るとどうしても等間隔にしてしまうが、彼の場合は豪快で自然だ。しかも底の焦げ具合といい、食べると本当に美味しいのだから驚いてしまう。

「二回しか作ってないけどな」

彼は笑うが、今まで一度しか作っていないのに段取りに迷いがないのだから感心するばかりだ。

「なにをやっても上手だし、真司さんはすごいな」

しみじみと言った。本当にそう思う。スポーツ万能で頭もよくて、進んで家事も手伝い料理も上手い。ルックスもさることながら人柄までいいなんてね。

「そんなことないさ、細かいことは苦手だし。君こそすごいじゃないか。料理はなにを作っても美味しいし、驚くほど人付き合いも上手いし」

「料理は好きだから……」

でも人付き合いは違う。人と話すことは働いていたときに随分鍛えられたが、もとから社交的だったわけではないので随分努力が必要だった。

〝桜井家のお嬢様はいいわよね。就職試験もなくて顔パスだもの〟

成功は当然で、失敗すれば桜井家の恥になる。だから人の何倍も努力してきたつもりだ。

その頑張りが今の彼のひと言で報われた気がして、胸がじんわりと温かくなる。

「人付き合いは、そう言ってもらえるとうれしいです」

真司さんは人を喜ばせる天才でもあるわ。

「君は本当に素直だな」

ハッとして振り向くと、彼はにっこりと微笑む。

「君のことだからたくさん努力したんだろうが、それ以前に君のその人柄のよさの賜物だよ」

予想外の言葉に動揺し目が泳ぐ。

たとえお世辞だとしても、うれしくて胸が熱くなる。

「さあ、乾杯しよう。明日も休みだから多少酔っても大丈夫なのがうれしいな」

しみじみと言うものだから思わずクスッと笑った。久しぶりのお休みでホッとしているんだろう。

「俺たちのクリスマスに乾杯！」

グラスを掲げて、満面の笑みでチンと鳴らす。

美味しい料理に彼の笑顔。それだけで私の心は幸せいっぱいだ。

食事の後は摘まみを残してワインを飲みながら、ふたりでソファーに並んでコメディ映画を見て大笑いをした。

「香乃子、なんでもいいから欲しいものはないか？」

「欲しいもの？」

「本当は俺がクリスマスにターキーを焼いて、君にアクセサリーのひとつもプレゼントするつもりだったんだ。せっかくなら君が欲しいものをプレゼントしたいし」

「うーん……そうですね」

考え込む私に真司さんは体ごと向き直る。

「さあ、俺をサンタクロースだと思って」

私が欲しいもの……。それはひとつしか浮かばない。

「真司さん」

間接照明とツリーの電飾だけが光るリビング。彼の瞳を見つめ返すと、星のようにキラキラと輝いている。

一生に一度、恋に勇気を出してみようか。

今だけ、この夜だけなら――。

私はこの先、真司さんほど誰かのことを好きになるとは思えない。この心のまま、素直な気持ちのまま……だって、ふたりだけの特別なクリスマスだから。

いいでしょう？

彼の瞳に吸い込まれるように近づいて、自分からそっとキスをした。

「私を、抱いてくれませんか？」

どうか、私の願いを拒まずに聞いて欲しいと願った。

緊張のあまり震えながらゆっくりと体を離し、真司さんを見ると、彼はとても驚いた顔をしている。

あっ……困らせてしまった。

それもそうだよね。彼には李花さんという将来を誓った相手がいる。自分の気持ちだけを押し付けちゃいけな――。

えっ？

離れようとした私を、彼の腕がしっかりと抱え込んだ。

「今の言葉、もう取り消せないぞ」

彼は私の頬に長い指をかけて、ふっと微笑む。

ついさっきの驚きなんてまるでなかったみたいに、彼の瞳は熱を帯びている。

自分から誘ったくせに、急に不安になってくる。勢いだけで言ってしまったもののこの先どうしていいのかわからない。

息を呑み、瞼を伏せると、彼の長い指が私の顎をすくう。

今更引くに引けず、覚悟を決めてギュッと目を閉じると、震える唇に彼の唇が重なってくる。

さっき自分からしたキスは、ほんの少し触れただけだったけれど、彼からの口づけは、そうじゃなかった。

「香乃子、口を開けて」

彼の囁きにハッとして目を開けると、クスッと笑われた。

「あ、あの……私」

「初めてなんだろう？」

なぜこれだけでわかったの？という心の声が届いたのか。

彼は「わかるさ。俺たちは夫婦なんだ」と微笑む。

「純情な、俺の奥さん……」

驚いてぽっかりと開いた私の口を塞ぐように、彼の唇が重なってくる。

唇が触れるだけではなくて、熱くて深いキス。

絡め取られるように身を任せ、覚悟もないまま、沸き上がる劣情に呑み込まれていく。

「あっ……」

唇から首筋へと彼の口は下りていき、すべる彼の長い指がガウンの紐を解く。

パジャマの中に忍び込んでくる指先に、堪らず身をよじると、不意に彼は唇にキスをした。

「怖いか？」

正直にこくりと頷いた。

思い出ならもう十分。体の芯が疼くようなこの感覚に、これから自分がどうなってしまうのか怖い。

「そうか。でも、ごめんな、香乃子……」

彼の瞳が妖しく輝き、呼応するように胸がキュンと跳ねた。

「もう止められない」

言うなり再び重ねられた唇――。彼の舌は口内を甘く蠢（うごめ）き、その間にも彼の右手は容易く素肌を這い上がる。

抵抗する間も与えられず、必死にキスを受け止めるうち、胸の頂に伸びてきた彼の指にハッとして。気づく。

「は……んっ」

自分が蕩けそうな声を出していることに――。堪らず手の甲で口を塞ぐと、その手を掴まれた。

「香乃子、かわいい声だ」

彼は私の頬を包み込み、甘く囁いてまた唇を落とす。

これは夢なのか――。

薄く開けた目に大きなクリスマスツリーが映った。

東京から遠く離れたロンドンの夜。どこか非現実的で、だからこそ言えた私の願い。

未知の扉を開ける怖さと言い知れぬ甘さに体が震えた。

肌に直接感じた彼の指先が、秘めた感覚を呼び覚ますようにさわさわと撫でていき、みぞおちから下へと伸びてきて。

刹那、ハッとするも声は、再び彼の唇にかき消された。

「香乃子、力を抜いて。――恥ずかしがらないで」

そんなことを言われても、ダメ、恥ずかしい……。

言い知れぬ快感がお腹の底から湧いていて、蕩けそうになっている自分を見られたくない。摺り寄せるように膝を合わせた。

「大丈夫だから」

彼の指先は宥めるようにゆっくりと私の内腿を撫でていき、体を開いていく。

「で、も……」

やがて奥深く伸びた彼の指が、水音をはじき出し私の羞恥心を高めた。体をくねらせてどんなに隠そうとしても、彼の指は敏感に探り当てる。

「ダメ……あっ」

逃げようとして、また捕まって。避けようのない淫靡な波に呑み込まれていく。

意識が飛んでは、唇に指に翻弄され、またぐったりと弛緩して。

それは一瞬の、息を呑むような痛みだった――。

「わかるか？」

息も絶え絶えになりながら、こくこくと頷いた。

私の中にみっちりとある、熱の塊を感じながら、抱えられてまた数えきれないほどのキスをする。

でも、途中から始まった律動に唇は離れてしまい、ただ夢中で彼にしがみつく。

「ん、あっ……真司、さ、ん」

好き、好きよ。ああ……。

「かわいいな、君は本当に」

真司さん……。お願いだからそんなふうに言わないで。

すべてが甘く蕩けてしまう。まるで蜂蜜の海に抱かれているように。


そして年が明け——。

大使館の休みを利用して私たちは日本に一時帰国をした。

いよいよだ。そう思うと胸が詰まるように息が苦しくなるけれど、それを表に出さないように気持ちを落ち着ける。

「東京は変わらないな」

「一年も経っていませんからね」

ロンドンにいた約十カ月は、過ぎてみればあっという間だった。一日一日をどんなに大切に過ごしても、時計の針は止まってくれない。

李花さんに宣告された通り、受け入れる気持ちの準備をしてきたつもりなのに、別れの悲しさは宙を漂うだけで、また心に戻ってきてしまう。

タクシーを降りると、ビル風が吹き抜けてマフラーを揺らした。

東京の風ってこんなに冷たかったかな。

不安がそう思わせるのか、口もとまでマフラーで覆い、ため息を吐く。

「疲れただろう？　とにかくホテルで少し休もう」

ファーストクラスだったとはいえ、十二時間近い長旅だ。自由に動き回れない分、どうしても疲れる。

「そうですね」

結婚してすぐにロンドンに向かった私たちは東京に家がない。

私たちの住民登録は真司さんの実家となっているので、神宮寺家で過ごすのかと思ったが、それはなかった。真司さんと李花さんの再婚の話を始めるとなると、私が家にいたのでは気まずいはず。彼がホテルを取ってくれたのは、当然といえば当然なのだ。

五日後にはロンドンに戻るので、のんびり過ごす時間はなく、それぞれの家にお正月の挨拶を済ませるのだけで精一杯だった。

神宮寺家には大晦日と元旦に行った。

私の実家に行ったのは二日。真司さんが私をとても褒めてくれたおかげで『お前もようやく我が家の役に立てたな』と、父はご満悦だった。

私には父に褒められた記憶がない。できて普通、できなければ叱られる。それが当然だったから。

真司さんとの結婚が決まったときに『香乃子、よくやった』と、初めて褒められた。今回で二度目になるが、それほど真司さんとの結婚は父にとって重要な意味があるのだろう。

神宮寺のご両親は温かく迎えてくれたけれど、なんとなくお義母さまには距離を置かれている感じがした。

寂しいけれど、李花さんという未来のお嫁さんがいる以上、線引きされたとしても仕方がないのだ。ふたりだけの一日遅いクリスマスパーティーで、私たちはある意味本当の夫婦になったけれど、期間限定夫婦に変わりはないのだから。

もう十分だ。彼は私に温かい思い出をくれた。

この結婚を幸せだったと思えるだけの幸せをもらったんだもの、私は大丈夫だと自分に言い聞かせる。

なにも知らない父には、心の中で謝った。

お父さん、私はやっぱりお父さんの期待に応えられないみたい。せっかく褒めてくれたのに、不出来な娘でごめんなさい。

私たちの離婚で、両家の関係が悪化しないといいけれど……。

「本当に落ち着かないうちに終わってしまったな」

彼がやれやれとため息を吐く。

今日は最終日の夜。ようやくふたりきりで迎えた東京の夜だ。

少しでもゆっくりできるように、食事はルームサービスにした。

「お疲れ様」とグラスを合わせる。

「気のせいかロンドンで仕事をしているときよりも疲れたよ」

「私もです。せっかく帰ってこられたのに」

あははと笑い合って思った。私たち夫婦の居場所はロンドンにある。ここ東京ではない。

ワインを傾けて、東京の美しい夜景を見下ろし、そっとキスを交わす。

あの夜以来、幾度となく交わしてきたキスなのに、今夜ばかりは名残惜しくて、かつてないほど切なさに心が震えた。

優しくて温かい真司さんの眼差しに、泣きそうになる。

彼は私の頬を撫でた。

「香乃子、なんとなく顔色が悪い気がするが大丈夫か？」

込み上げる悲しみに蓋をして、心配そうな彼に笑顔を向けた。

「ちょっと疲れただけですよ」

そして、私は話を切り出した。

「真司さん、私どうしても用事ができてしまって、ごめんなさい。私は後からロンドンに帰りますね」

ハッとしたように彼の表情が歪む。

「急用？」

「仲のいい友達が結婚するんです。一度は断ったんだけど、やっぱり参加したくて」

「そうか……。わかった。どれくらい遅れそう？」

「チケットが取れたら、連絡しますね」

なんでもないことのように、サラリと告げる。

「わかった。しっかり充電して帰ってきて」

待っているからと、彼は私の額にキスをした。

ごめんなさい真司さん、と心の中で泣いて謝った。

私は一緒にロンドンには帰れない。

本当はもう一度ロンドンに帰って、笑ってさよならを言うつもりだった。

でも、今の気持ちのままでは、泣いてしまうかもしれない。そうなったら優しい彼を困らせてしまう。

ましてや責任感が強い彼のことだ、私が抱いてほしいと言ったばかりに余計に悩むに違いない。

悪いのは私。別れる決意をしたからあの夜があったというのに、ますます未練がましくなる自分が情けなくて仕方がなかった。

あっと言う間に過ぎた四日だった。

その短さが私にとってはよかったのか、悪かったのか。その答えは今はわからない。

明くる日、空港まで見送りに行きたかったけれど、大丈夫という彼の言葉に甘えてホテルで見送った。

泣かずに見送れる自信がなかったから、ちょうどよかった。

友人の結婚式は嘘ではないけれど、私は二次会に顔を出すだけなので時間に余裕はある。

急いで住むところを決めて、少し落ち着いたらエアメールで離婚届を送る予定だ。

彼はまだ気づいていないだろうが、大事なものは念のために持ってきてある。

大事なものとは言っても、いざとなるとたいしたものはなくて、パスポートとお財布の中に入るようなカード類くらいだ。

この身ひとつ。これからは自分の力だけで、自分の身の丈に合った生活をしていこうと思っている。

ふと、着物姿の李花さんを思い出した。

大晦日、神宮寺家に彼女が来ていた。華道の家元である彼女のお母様とふたりで、床の間に大きな正月用の花を生けていた。

彼女も彼女のお母様も着物を着ており、袖が邪魔にならないよう襷掛けにしてエプロンをつけていた。動きづらいだろうに着慣れているからなのか、美しい所作のまま作業を続けていた。

『こんな押し迫った大晦日になってしまって、ごめんなさいね』

『いえいえ忙しいでしょうに、ありがとうございます先生』

広い床の間にぴったりの、松を中心にして赤や金銀の水引が躍動する見事な生け花だった。

真司さんも『すごいな』と感動していて、李花さんもうれしそうだった。

そして、たまたま聞いてしまったのだ。

神宮寺のお義母さまと李花さんの会話を。

『これから、おかあさまと呼ばせてくださいね』

『あら、うれしいわー』

そこまで聞いて慌ててその場を離れた。

神宮寺家にとって、私は邪魔者でしかなかったのだ。

ふたりの会話にダメ押しをされたように、心がポッキリと折れた。

考えてみれば、桜井家でも価値がないと言われていた私が、急にどこかで必要とされるはずもない。

どんなに一生懸命頑張ってみても、届かない空回り。あきらめも、身の程もわかっているから、無理を通すつもりはないけれど、ただ……。

真司さん、私は心からあなたが好きだった。それが悲しい。

パーティーで真司さんとダンスを踊り、キッチンで笑って、看病されて看病して、体を寄せ合って。

離婚を受け入れているつもりが――私はどこかで夢を見ていた。彼とふたり、笑って過ごす未来もあるんじゃないかって。あるわけないのに……。

彼を想うと、胸が張り裂けそうになる。

恋がこんなに切なくて苦しいなんて、私は知らなかった。

でも、もう忘れなければ。すべてはロンドンの霧の中に消えた、儚い夢なのだから。

＊　＊　＊

変だな……。

香乃子が電話に出ない。先にロンドンに帰ってから十日が経つというのに。

三日前までは電話には出た。メッセージも何度かやりとりしていたが、二日前からはいつかけても留守番電話になってしまう。ＳＮＳも既読はつくが返事は短く【まだちょっと】と返ってくるだけで、要領を得ない。

なにかあったんじゃないかと心配だが、かと言って彼女の実家に電話をかけるのは憚られ、結局なにもできずにいる。

悶々と考えながら香乃子のいない家に帰ると、エアメールが届いていた。

「香乃子？」

差出人の名前を見て慌てて封を開けると、中には——。

「離婚、届？」

絶句しながら開いてみれば、彼女の欄には署名がしてある。

同封された手紙には、これまでの礼と、離婚の旨が記されていた。

【拝啓　真司様
忙しい日々を送っていると思います。

約束は一年でしたが、すみません。私の都合で、少し早く離婚させていただきたく、勝手ながら離婚届を同封しました。

そちらに残してある私の荷物は、すべて処分していただけますか？　忙しいあなたに余計な仕事を増やしてしまい本当に申し訳ないです。

短い間でしたが、とても楽しい日々でした。

何度お礼を言っても足りないくらいです。本当に本当に、ありがとうございました。

どうぞお元気で。　敬具
香乃子　】

「なんだよこれ」

消えた恋

ロンドンの公園の桜も咲いているだろうか。

淡いピンクに染まるソメイヨシノを見上げながら、ふと懐かしく思った。

月日が経つのは早いもので、彼に離婚届を送ってからもう一年以上経つ。

なにしろこの一年は嵐のような日々だったから、あまり振り返る余裕もなかった。

ある意味それでよかったのかもしれない。

舞い降りた花弁がベンチの上に落ちる。

「ほら、見てごらん、これが桜の花びらだよ」

私の胸の中にいるこの子は私と真司さんの子ども。

女の子で、名前は真倫(まりん)。真司さんの真の一字をもらってつけた。倫の字はロンドンの漢字表記「倫敦」からとった。

今となっては、ロンドンでの日々が幻のように思えるけれど、真倫の存在が現実だったのだと教えてくれる。

どんなに辛くても、あの幸せだった日々が私を支えてくれるのだ。

真倫はまだ生後七カ月。やっとお座りができるような赤ちゃんだ。はらはらと舞う桜の花びらにキャッキャと笑いながら手を伸ばす仕草がかわいい。

「さあ、お家に帰ろうか」

妊娠は予想外だった。

気づいたのは、離婚届を真司さんに送った少し後。うれしさを味わう余裕もなかったな。

なにしろ私は父から勘当されてしまったから。

離婚届を送った日に実家に報告をしたが、案の定父の逆鱗に触れ『今後一切我が家の敷居は跨ぐな！』と腕を引っ張られて放り出された。

殴られなかっただけましだと思っているし、予想通りだったので別に傷ついてもいない。

ただ、離婚の理由くらい聞いてくるかと一応それなりに考えていたのに、なにひとつ聞いてはこない父に、ああ私を人形のようにしか見ていないんだなと寂しく思っただけだ。

これで本当の意味での自由の身になれたと思えば悲しくはない。私は大丈夫。そう強がって。

でもその後、妊娠がわかった。

子どもを産んでひとりで育てるにはどうしたらいいのか、途方に暮れる私を支えてくれたのは友人たちだった。

不意にポケットの中でスマートフォンが揺れた。

見ればちょうど今考えていたリエちゃんからのメッセージである。

【金曜日忙しい？　有休とろうかと思って。一緒に花見散歩しようよ】

【いいね】

オッケーのスタンプを押す。

【やったー！】

喜び溢れるスタンプが並び、思わずクスッと笑う。

仕事を辞めてからもリエちゃんとはなんだかんだと連絡を取り合っていた。離婚を最初に報告したのも、家を勘当されたと報告したのも、真っ先に妊娠を告げたのも彼女だ。

『香乃子、私がいるよ。大丈夫、ひとりじゃないよ』

泣きながらそう言ってくれた優しくて最強の友は、彼女のマンションの近くにアパートを見つけてくれた。

そして今の仕事を紹介してくれたのは学生時代からの親友、山咲百恵(やまさきももえ)ことモモだ。友人の結婚式の二次会で再会し再び縁が繋がった彼女に、相談して助けてもらった。私にはもう真倫以外に家族はいないけれど彼女たちがいる。皆のおかげで無事に出産もできたし、今の幸せな毎日がある。

いつかこの恩を返したい。

途中買い物を済ませながらのんびり歩き、自宅アパートに到着した。

ここは東京の下町。築年数は古いけれど家賃が安い割に部屋数がふたつあるアパート。そこの一階、通りから奥に進んだ部屋が私と真倫のマイホームだ。

そこで慎ましく暮らしている。

「んまー」

ベビーベッドの中で真倫が声をあげた。

「ん？　どうした？　お腹が空いたかな？」

待ちかねて泣き出さないよう素早くミルクの準備をする。

このアパートは壁が薄い。念のために防音テントも用意してあるとはいえ心配だ。

離婚を決意した当初、考えていたのは長く住めるマンションで、正社員として働く道を探すつもりだった。

でも妊娠しているとわかったからにはそうはいかない。ある程度の貯金はあるが、子どもとふたり、お金のかからない生活を目指すと決め、リエちゃんが見つけてくれたここに決めたのである。

次に悩んだのは仕事だった。短期のアルバイトをするにしても悪阻(つわり)が始まれば職場に迷惑をかけるかもしれず、どうしようと思っていたところに、モモが伯母さんである喜代子(きよこ)さんを紹介してくれた。

喜代子さんはご主人と小料理店『小料理キ喜(きき)』を営んでいたが、料理人だったご主人が事故で大怪我を負い途方に暮れていたところだった。ちょうど私は薬膳の資格もいくつか持っているので、喜代子さんは私を誘ってくれて、喜んで受け入れてくれたのだった。

「さあ、お店に行く準備をしようね」

真倫を一旦着替えさせる。

調理の仕事はお店のオープン前。お客様がいないので、真倫を背負ったりあやしたりしながら働ける。

接客せずに済み、自分のペースで働けるという私にはうってつけの仕事だ。期間は一年か二年。ご主人の状態によるけれど、それでもありがたい。

おむつも替えて荷物を持ってさあ出発。

途中、商店街のおばちゃんたちに声をかけられて、真倫は「ばーぶー」とご機嫌だ。

そしてキ喜に到着する。

「さあ真倫、おんぶしようね」

真倫を背負い料理をスタートすると、スマートフォンがメッセージの着信を告げる音を立てた。

画面に視線を落とすと母からである。

いい話であるはずもなく、料理が一段落してから見ることにした。

まずは筑前煮の下ごしらえを済ませなければ。南蛮漬けにする小鯵を揚げて、鰯の梅煮に厚焼き玉子。ポテトサラダ用にジャガイモも茹でたりと、時間に余裕はない。

父に追い出されたとき、母は外まで出てきて、涙ながらに心配してくれた。常に父に従ってきた母にしたら、大きな勇気がいることだっただろう。

以来母とだけはＳＮＳで連絡を取りあっているが、私が頑なに電話番号もどこに住んでいるかも教えていないので、心配をかけたままだ。

なにしろ真倫の存在を隠したいので、教えるわけにはいかなかった。

いくらおとなしい母でも真倫の存在を知れば黙っていられないだろう。大事になるのは避けられないから、言えなかった。

隠し事をしている後ろめたさもあって、母からのメッセージが来ると気が重い。

勝手に離婚して、密かに子どもを産んで、逃げ回って会いもしないなんて、本当に親不孝だと自分でも思う。

でも今は生存を確認できているだけでも安心して、どうか許してほしい。

真倫の存在が明るみに出るのは時間の問題だから、そのときまでそっとしておいて。

ごめんねお母さんと、祈るように思いながら料理の下ごしらえを進めた。

そして一段落したところで、スマートフォンを手に取り画面をタップして――。

「えっ」と思わず息を呑む。

嘘でしょ？

＊　＊　＊

さあ、これから忙しいぞ。

成田(なりた)空港を足早に歩きながら頭の中を整理する。

香乃子が消えてから一年あまり。ようやくロンドンの任期が終わった。

これから最低でも一年は東京にいる。まずはマンションを契約し、腰を据えて彼女を見つけださなければ。

相変わらず彼女とは連絡がつかないままだ。

日本に一時帰国をしたときになんとか会おうと試みたが、今はもうメッセージすら既読がつかない。

最後の書き込みは半年近く前か。

【なにを言われようとも離婚する意志は変わりません】というきっぱりしたものだ。

どうにかして香乃子と話をしようと、日本への帰国も検討しているなか、二月に李花が突如ロンドンに現れた。

李花は英語が苦手だ。だからひとりで来たわけではなかったが、友人を待たせて大使館に俺に会いに来た。

『真司さん、ようやく自由になりましたね』

そう言って、チョコレートと細長い箱のプレゼントを渡してきたのだ。

自由とはどういう意味かと聞くと、彼女は『だって』と最初は言葉を濁した。

『香乃子さんと離婚したんでしょう？』

驚く俺に、彼女は香乃子から聞いたと言う。

『真司さんと交代したあの日に香乃子さんと話したの。契約結婚で、一年間だって私に言ってきたわ。私に、自分がいなくなったあとのこと頼むって……』

香乃子から聞かない限り、李花が離婚を知る由もない。俺は親にも、大使館の同僚にも誰にも話をしていないのだ。

李花はこうも言った。

『香乃子さん、実はほかに好きな人がいるんじゃないかしら……そんな様子だったわ』

李花の言う通りあの頃からすでに心を決めていたのなら、連絡がつかないのもその証拠かもしれない。そんなに離婚がしたいのなら、俺が執着するのは彼女にとって迷惑でしかないだろう。彼女の気持ちを尊重し、受け入れたほうがいいのかとも思った。

何度か離婚届にサインをしようとしたこともある。

だが、いざとなると思い出す。

一日遅れのクリスマス。彼女と愛を確かめ合った夜。

『真司さん。私、初めてなんです。——こんなに幸せなのも』

あのときの香乃子の瞳が忘れられない。嘘だとは思えないし、彼女の言葉を信じたい。

ほかに好きな男がいるなら、俺に抱かれるなんてありえない。

悩むうちに日々は過ぎていき、ふと気づいた。どうしても離婚したいのなら、催促の連絡があってもいいはずではないか。

必ず理由があるはずだ。

彼女の口からちゃんと聞くまでは、離婚は受け入れないと心に決めた。

任期がありすぐには動けなかったが、東京に戻りたいという希望を出し続けた。

つい最近も、母から予想外の電話があった。電話口の母は、離婚について当然のように言ってきたのだ。

【やっぱり離婚したのね】

『なんの話？』

【李花ちゃんと再婚するんでしょ？】

『ちょっと待って。なんでそうなるんだ。俺は香乃子と離婚はしない』

なぜか母は驚いていた。

【じゃあ李花ちゃんとの再婚はどうするのよ】

『どうもこうもない。なぜ李花さんと俺が再婚する話がでるんだ？』

聞けば李花は俺の実家に頻繁に出入りしているらしく、すっかり嫁にくる様子でいるという。

それだけじゃない。桜井の義母と母がパーティーで顔を合わせたときに、桜井の義母から離婚の話を聞いているかと聞かれたそうだ。

電話で済む話ではない。香乃子との離婚も李花との再婚も絶対にありえないとだけ念を押し、とにかくできる限り帰国を急ぐから、直接話をしようと電話を切った。

ようやく叶った帰国。今度こそなんとしても彼女と直接話をする。

香乃子は今どうしているのか。

李花とのおかしな再婚話も含めとにかく一つひとつ絡み合った糸を解いていくしかない。

空港からタクシーでまっすぐ実家に帰ると、母はいた。

「あら、お帰りなさい」

「ただいま」

挨拶も早々に桜井の義母がなんと言ってきたのかを聞いた。

「この度は申し訳ありませんって仰(おっしゃ)るから最初はなんの話かわからなかったわ。あなたなんにも報告しないんだもの」

「それで？」

「桜井さんが、香乃子が離婚すると言うものですから、いったいなにがあったのかって。香乃子さんなにも言わないで、家からも出ていってしまったそうよ。だから、最初から一年という約束で結婚したと聞いていましたけど?って言ったわ」

「なんだって！　どうしてそんな」

俺は頭を抱えた。母は天然というかちょっとズレているところがある。

香乃子と見合いをしたときもそうだ。

『桜井さんは乗り気なのに、どうしてわざわざまた会いに行ったの？　あ、あなた、さては断りに行ったのね？』

そんな母に呆れ、俺が余計なことを言ってしまった。

『そうじゃない。俺が彼女を気に入ったんだ。たとえ一年でもいいから結婚してくれと頼むくらいにね』

彼女じゃなければ無理してまで結婚する気はないとまで言ったはずだが、母はよりによって〝一年でもいいから〟というところだけ覚えていたのか。

「最初から一年だけのつもりだったんでしょ、香乃子さんは」

「そんなはずはない」

「真司、いい加減にしなさい。みっともない。妻に逃げられて追いかけるなんて恥ずかしい真似はやめなさいよ？」

妻に逃げられて、か。確かにそうだが。

ここで母に怒りをぶつけたところでなにも解決はしない。深呼吸で気持ちを落ち着けた。

「なあ母さん、李花さんは相変わらずよくここに来ているのか？」

家の中にやけに花が多い気がする。

このリビングでも窓際のチェストにテーブルの上。玄関にも入ってすぐ正面に大きな花瓶で花が飾ってあった。母も生け花やフラワーアレンジメントを習うくらい花が好きだが、以前はここまでではなかった。

「ええ、昨日も来たわよ。おかあさまって私を慕ってくれるの。この前も言ったけどあなた李花さんと再婚したらどう？　もういいんじゃない？　一年帰って来ない妻を待ったんだもの、十分義理は果たしたんだし」

またた。懲りずに李花との再婚話とは。

ありえないと胸の内で吐き捨てつつ、怒りを抑えて聞いた。

「母さん。電話でもそれはないって言ったじゃないか。どうしてそう何度も俺と李花さんの結婚の話がでるんだ？」

「でもあなた、ロンドンで李花さんに待ってほしいって言ったんでしょ？」

「はあ？　なんの話だよ」

今度混乱したのは母のほうだった。

「えっ？　だって――」

よく聞くと、母は電話で俺に否定され一度は納得したらしい。だが、再び李花と話すとまた変わってしまうという。

いったい彼女はどういうつもりなんだ？　なぜこうも話をややこしくする。

とにかくすべては誤解だと母を説得した。李花との結婚など露ほども考えられないとも、よくよく言って聞かせた。

幸いと言うべきか、桜井家とは一度話したきりとのこと。それぞれの思惑もありお互いに様子を見ている状態だ。

「母さん、今後なにを李花さんに言われようと、勘違いしないでくれ。俺の妻は香乃子なんだから」

「わ……わかったわ」

逃げた妻を追いかける恥ずかしい男だろうがなんだろうが、どう言われようと俺は構わない。とにかく彼女と話をしなければ、すべてはそれからだ。

あらかた事情が掴めたところで時計を見た。

時刻は午後三時。次は桜井家だ。

電話をかけてからでは拒否される可能性もある。いきなり行くしかない。突然訪問しても失礼にはならない時間だと判断し、そのまま向かった。

平日なので義父はいないはず。義母だけのほうが話を聞くにはむしろちょうどいい。

母の話の様子からして香乃子が実家にいるとは思えないが、手掛かりがない以上、なんとか義母に頼るしかない。そして自分の気持ちをきちんと伝えなければ。

あれこれ考えるうち、桜井家に到着した。

緊張してタクシーを降りる。

とにかく謝罪をしよう。

香乃子がどう説明しているかわからないが、彼女にはどんなに考えても非がない。かといって俺にも心当たりはないが、悪いのは俺だ。

心を決めてインターホンを押し訪問を告げると無事案内された。

玄関先で追い返されなかっただけでもよかったと、ホッとしつつ中に入ると義母がやや困った表情をして迎え入れてくれた。

「真司さん……」

「ご無沙汰しております。この度は混乱を招き、申し訳ありません」

「まあとにかく、お上がりくださいな」

まずはロンドン土産を渡し、一年間連絡を取らなかった非礼を深く詫びた。

義母は家同士の事情があるからと、俺を責めたりしなかった。ただなによりもやはり離婚が気がかりだったようだ。

あらためて俺には離婚の意志がないことを説明すると、意外なことに義母は喜んでくれた。

「ああ、よかった。そう言ってもらえてホッとしたわ」

安堵の表情に胸を撫で下ろして深く頭を下げた。少なくとも義母は俺たちの離婚に賛成ではないのだろう。それだけでもありがたい。

「すみません」

これで香乃子の居場所さえ掴めれば大きく前進だ。

「神宮寺の奥様から聞いたんですけど最初から一年の約束というのは本当なの？　香乃子に聞くと本当だって言うし」

「誤解なんです。俺が彼女と結婚したくて、そう説得したんですが。言葉のあやというか、とにかく俺は香乃子さんと離婚する気はないんです」

義母は安心したように微笑む。

「それで、香乃子は今どこに？」

「私も、香乃子の居場所は知らないの。今は連絡を取り合えるだけでも十分かと思って……」

「すると、お義母さんも彼女に会っていないんですか？」

ええ、と義母は不安そうに頷いた。

それぞれの想い

【真司さんが、あなたを捜しに来たわ】

表示された母からのメッセージに、息を呑む。

どうして？　もう一年よ……。

【とにかく連絡をちょうだい。待ってるから】

真司さんと唯一の連絡手段であったSNSも、今はもう切ってしまった。

最後に返信をしてからすでに半年以上が経っている。

万が一、子どもの存在が知れれば実家に問い合わせがあるだろう。そのうち母から聞かれると覚悟はしていた。

ところが、いまだに母は子どもの話をしてこないので、気にはなっていたのだ。

ついに真倫の存在が彼にわかってしまったのか？

スマートフォンを手に、時計を見た。

現在夕方の四時。あと一時間ほどで、喜代子さんが来る。それまでに終わらせなきゃいけない作業を優先させよう。

母からのメッセージを頭の隅に追いやり、料理に集中する。

あらかた見通しがついたところに、ガラガラと引き戸が開いた。

「お疲れさまっす」

顔を出したのは、喜代子さんの息子で大学生の良武くんだ。彼は今大学四年生だが、途中大病を患い休学していたため、年齢は二十六歳になる。親孝行な息子さんで、夜は接客を手伝っている。

「お疲れ様です。早いですね」

「休講だったんですよ」

彼はいずれこの店を継ぐつもりでいるらしい。店の奥にある物置でエプロンをつけてくると、早速鍋を覗き込んだ。

「これはもう大皿に盛り付けていいのかな？」

「はい。お願いします」

大皿はそれだけで結構重たい。そこにたっぷりと煮物を盛りつけると、私の力ではカウンターには載せられず一旦置いてから盛るのだが、彼は軽々と皿を持つ。

「筑前煮、うまそー」

良武くんは里芋を箸で摘まんで味見をする。

「どうですか？」

「相変わらず、うまいっす！」

　良武くんの身長は一七〇センチくらいで細身だが、ジムに通って体を鍛えているだけあって腕にはしっかりと筋肉がある。私がここに来たときはすでに病気を完治していたので、二年近く入院生活を送っていたと聞き驚いた。

　にこにこと明るい彼に病の影はないが、病気を経験して食事の重要性について考えたらしい。それまではこの店にまったく興味がなかったそうだ。

　それが今では喜代子さん以上に熱心に料理の勉強をしている。私が薬膳の勉強をしていたと知り、勉強熱心な彼は空き時間があると勉強がてらこうして手伝いに来てくれるのだ。

「まりーん。今日もかわいいな」

　頬をつつかれて真倫は手足をばたばたさせながらキャッキャと喜ぶ。

　そうこうするうち、ひと通りの準備が終わり、良武くんに後をお願いして店を出る。

　途中、公園に立ち寄り母にＳＮＳを通して電話をかけた。

　呼び出し音が鳴ってすぐに電話に出た母は、私がメッセージではなく電話をかけたことにとても驚いていた。

内容が内容だけに母の口から聞きたかったのだ。

「ごめんね、ちょっと手が放せなくて。――それで、真司さんはなんて？」

性急な問いかけに、母は落ち着いた声で答える。

【とにかく会いましょう、香乃子。どこでもいいわ、すぐに向かうから】

結局、説得に負けて近くにあるファミリーレストランの名前を告げた。ファミレスならば真倫が泣き出してもなんとかなる。

いつまでも逃げ回っていても仕方がない。母に真倫を紹介しようと思う。そして、こうなった事情を説明しよう。

私と彼はもともと一年間という約束の契約結婚だったことはすでに伝えたが、真倫を守るためにはそれだけじゃ足りない。

真司さんには一ノ関李花さんという再婚相手がいるのだと伝えるしかないかもしれない。なんとか母を味方につけて、真倫の親権を死守しなければ。

ただ、真司さんを悪者にするわけにはいかないから、言葉に気をつけないと。

向かったファミレスは幸い空いていた。

気持ちが落ち着くよう温かいココアを頼む。

「赤ちゃんに離乳食のサービスです」

「ありがとうございます」

このファミレスはプリンのような離乳食をサービスしてくれるのだ。

「赤ちゃんかわいいですねー」

手を振る店員さんを見て真倫はうれしそうに笑う。

名残惜しそうに振り返りつつ、彼女は持ち場に戻っていく。きっと子どもが好きなんだろう。

「よかったね真倫。おねえさんがかわいいって言ってたよ」

親の欲目だと自覚はあるが、真倫は本当にかわいい。父親の整った顔立ちを受け継いでいるからとっても美人さんになると思う。

でも笑うと私に似ているんだよね。

「食べてみよっか」

早速カボチャの離乳食を真倫に食べさせていると「香乃子？」と、聞き慣れた声がした。

母が唖然とした表情で、立ち尽くす。

「――その子、まさかあなた」

「黙っててごめんなさい。私の子」

その後、母に席に座るよう促し、注文を済ませる。

しばらく呆然と真倫を見つめていた母は、落ち着きを取り戻したのか、おずおず聞いてきた。

「真司さんの子、なのよね？」

母は不安そうに私を見るが、そう確認したくなるのもわかる。身を隠して赤ちゃんを出産するなんて、父親を疑われても仕方がない。

苦笑しつつ「そうよ。真司さんの子」と答えた。

「まさか、ひとりで出産するなんて……香乃子？　あなた体は大丈夫なの？」

母の瞳にはみるみる涙が浮かんでくる。

「大丈夫だけど……お母さん？」

「大変だったでしょうに、ごめんね、香乃子」

「えっ……どうしてお母さんが謝るの？」

ハンカチで涙を拭いながら、母は手を伸ばして私の手を握る。突然の母の涙に動揺しつつ、つられて涙が込み上げてくる。

「だって、どれだけ不安だったかと思うと……」

不意に、忘れていた不安や恐怖を思い出した。

出産を前に、何度心の中で母を呼んだか。事を大きくしたくない一心で耐えたけれど、母がこんなふうに心配してくれるとは思ってもいなかった。

「赤ちゃん、抱かせてもらって、いいかしら？」

「あ、うん……うん、もちろんだよ」

隣に移動してきた母に真倫を抱かせる。

「おばあちゃんよ。名前は？」

「真倫」

「そう。かわいい名前ね。まりんちゃん、ばあばよ」

母は真倫を抱いてはまた泣き、笑ってあやしてと、混乱を表すように忙しく表情を変える。混乱しているのは私も同じ。

私はてっきり母に叱られるか追及されるとばかり思っていた。わかってもらえないと一方的に結論を出して、あきらめていたけれど……。

「香乃子——真司さんも、この子のことは知らないのね？」

こくりと頷いたものの、その首を横に傾げた。

なにかがおかしい。母は、真司さんから真倫の存在を聞き駆けつけたと思ったが違うのか？

再婚した真司さんが戸籍から真倫を知って、慌てて母に聞いてきたんじゃないの？

もしかすると、私の早とちりなのかな。

「お母さん、真司さんはどう言ってきたの？　ねえ、なんて？」

身を乗り出して聞くと、母は困ったように眉尻を下げる。

「離婚するつもりはないって、真司さんは言っていたわ」

えっ？　離婚したくないって、どういうことなの？

「香乃子、どうして真司さんとちゃんと話をしようとしないの？」

「それは……真倫を守りたくて」

正直な思いだ。真倫を争いに巻き込みたくない。

切なる願いを胸に振り向くと、真倫はキョトンと私を見る。ずれたよだれかけを直してにっこりと微笑みかけると、真倫はうれしそうに笑う。

この子には絶対悲しい思いをさせたくない。

「真司さんは香乃子と離婚する気がないって言ってるのに、どうしてそんなに離婚したいの？」

それは、李花さんが……。

「いい人に見えるけど、真司さんに問題があるの？」

「ないわよ、彼は優しくていい人よ？」

母はますます困惑したように「ならどうして」と首を傾げるが、本当の理由を知らないのだから納得できないのは当然だ。

それにしても困った。離婚届は郵送したし、てっきり離婚は成立しているものだと思っていたのに。

「お母さん、この一年、神宮寺家とはなんの話もしていないの？」

「奥様と一度だけね。あちらも一年だけの契約婚だったらしいと言ってたわ。それだけよ」

やっぱり……。ズキッと胸が痛んだ。

真司さんが離婚したくないと言ってると聞いて、なにか期待したのか。

自分に呆れて、ため息が漏れる。

気を取り直して父がなんて言っているか母に聞くと、父は神宮司家から動きがあるまで黙っているようにと言っているそうだ。

どちらが離婚を言い出すかで、責任問題になるからかもしれない。

ひと月後の総選挙で、予定通り真司さんの従兄弟が立候補する。神宮寺家は日本サクラ商船の票が欲しいだろうし、父も神宮寺家との縁をあきらめきれないはずだから。

「香乃子、真司さんね、ロンドンの赴任が終わって、東京に帰ってきたんですって」

ハッとして息を呑んだ。

赴任の予定は三年で、もしかしたら更にあと一年伸びそうだと言っていたのに。

「真司さんに落ち度がないなら、どうして逃げるの？」

言葉に詰まる。

「桜井家と神宮寺家の問題を気にしているの？　もしそうなら、もう気にしなくていいのよ？」

「――お母さん？」

まさか母がそんなことを言うとは思わなかった。

「家の問題はもう考えなくていい。香乃子は真倫と自分の幸せのことだけ考えて、真司さんとよく話をしなさい」

母は「ね？」と、優しい微笑みを浮かべる。

「私はお父さんと向き合うことをあきらめてしまったけど、香乃子は間に合うわ」

熱いものが込み上げて、視界が涙で滲む。せっかく乾いたばかりなのに……。

「真司さん、とても香乃子を心配しているわ。――実はね、この近くで真司さんに待ってもらっているの。香乃子がどうしても会いたくないなら無理にとは言わないわ」

即答はできなかった。

彼は優しい人だから、再婚したいのに私を傷つけたくなくて自分を抑えているに違いない。気になんてしなくていいのに……。

「お母さん……私……」

私は神宮寺家に望まれていないの。

「香乃子……。私も一緒に行ってあげようか？」

母の優しい声に涙が止まらなくなる。

「真倫ちゃん、ばあばのところにおいで」

私の涙が落ち着くまで、母は真倫をあやして待ってくれた。

母の言う通りだ。いつまでも逃げているわけにはいかない。ちゃんと真司さんと向き合わなければ。真倫のためにも、――そして自分のためにも。

気持ちを落ち着けて、母に真司さんに会うと告げた。

「でもね、お母さん、私まだ真倫のことを言える自信がない。まずは真司さんとふたりで会ってから考えていい？」

「わかったわ」

母と相談し、私と真司さんが会っている間は、母が真倫を連れて別の席に移動することにした。背もたれとパーティションが遮ってくれるから、すぐ隣の席にいてもわからない。

母が真司さんと連絡を取るために外に出ている間に、水を飲んで大きく深呼吸する。

真司さんに会う……。

緊張と不安で胸がドキドキする。ぱたぱたと手を振る真倫の頭を撫でながら唇を噛んだ。

「ねえ真倫……。パパと会うんだよ？」

どうしようね。どこまで言えばいいのかな。

ふと我が身を振り返った。

今、私が身につけているのは薄いグレーのニットと黒のリブパンツ。動きやすくて、汚れてもいいことを重視したプチプラの服だ。

ロンドンでは外交官の妻としていつも気を遣っていたのに、髪だって邪魔にならないように後ろで適当にまとめただけ。化粧だって薄い上に、泣いてしまったから素顔に近い。

できれば再会はこんな形ではなく、もう少し身だしなみを整えて、綺麗な自分でいたかった。

そんなことを思いながら、そわそわと落ち着かないうちに、母が戻ってきた。

「五分後には来るそうよ。その間に化粧を直してきなさいな」

化粧品を持ち歩いていない私に、母が貸してくれた。考える時間はない。急いで化粧室に駆け込み肌に薄く化粧をする。

今日は母に助けてもらってばかりだ。ほんの少し化粧をしただけなのに、気持ちが落ち着いてくる。

母の言う通り、桜井家の娘としてではなく、香乃子として彼と向き合おう。

それから今まで座っていた座席から少し離れ入り口により近い席に腰を下ろし、あらためて店員さんにドリンクを頼む。

大きく深呼吸を始めたときだった。

入り口ドアが、鳥の囀りのようなチャイムを鳴らして開き、背の高い男性が入ってくる。ハッとしたまま息を呑んだ。

真司さん……。

彼はすぐに私に気づきまっすぐに歩いて来る。一年前と少しも変わらない彼は、爽やかな風をまといながら私に優しく微笑みかけた。

「香乃子。久しぶり」

一年ぶりに聞く彼の声に、心臓がきゅっと掴まれたような感覚に陥る。忘れていたときめきが蘇る気がして焦り、慌てて視線を落とした。

「元気そうで安心した」

「ごめんなさい連絡もせずに……」

頭を下げたところで、ちょうど私が頼んだココアが届き、真司さんがコーヒーを注文する。

ひと呼吸おいたせいか、少し気持ちが落ち着いてきてホッとした。まだなにも話していないのに、動揺していたのでは話が進まない。

ゆっくり息を吐いて、頬に笑みを浮かべた。

「ロンドン勤務は終わったんですか？」

「ああ、最低でも一年は東京だ」

一年か。外交官は大変だ。日本国内で引っ越しをするだけでも大変なのに、彼は世界中を飛び回らなければいけない。

「ロンドンの皆さんは、お元気でしたか？」

私は帰国してから一度も戻っていないので、挨拶もできないままだ。

これまでナオミさんや大使夫人や、皆さんにお世話になったのにお礼すら言えず申し訳なかったと、ずっと気になっている。

「皆元気だよ、君に会いたがっていた」

「そうですか……」

「君は、どうしていた？　少し痩せたようだが」

なんと返したらいいかわからず頬が歪む。

「元気でした。病気もせず、ロンドンでは一度寝込んでしまいましたけど、もともと健康だけが取り柄ですから」

私が寝込めば真倫が生きていけない。多少疲れていても必死にならざるをえなかった。

それにお店も休業になってしまう。喜代子さんはご主人の病院の付き添いもあるし、体力があまりないらしく、仕込みからずっと働くのは無理なのだ。

ある意味そんな事情が私を支えてくれたんだと思う。目標もなにもなかったら、自分を労ることさえしなかったかもしれない。

「離婚のことだけど――」

「あ、それは」

慌てて制止した。

「ごめん。こんなオープンな場所で話すことじゃないよな、どこかに移動を。君が嫌でなければ、俺が滞在してるホテルに」

「違うんです。そうじゃなくて……」

勇気をもって顔を上げ、まっすぐに真司さんを見つめた。

真倫の存在を隠したまま話を進めるのはフェアじゃない。

私はずっと逃げてばかりいたのに、真司さんはこうして会いに来てくれた。これ以上うやむやにしたり、騙すようなことはしたくない。誠実に彼と向き合わなければ。

「その前に言わなきゃいけないことがあるんです。あの、ちょっと待っていてください」

立ち上がって母と真倫のもとへ行き、母に真倫を彼に紹介すると告げた。

「お母さん、私が荷物を持つから真倫を連れてきてくれる？」

「わかったわ。会計は済ませておくわね」

「ありがとう……」

ベビーカーや荷物を持って、真司さんの待つ席に戻ると、彼は目を丸くして母が抱く真倫を凝視している。

様々な疑問が彼の頭の中に浮かんでいるに違いない。どこまで話すべきなのか答えは出ていないけれど、嘘だけはつかないようにしよう。

母は真倫をベビーカーに乗せて、真司さんに「じゃあね」と挨拶をした。

「ありがとうございました」

立ち上がって母に頭を下げた真司さんに「私たちも出ましょうか？」と声をかけた。

「私、この近くに住んでいるんです。よかったら部屋で話しませんか？」

本当は住まいを知られたくないけれど、一番落ち着いて話ができるのは自分の部屋だ。ここでは周りの目も気になる。ファミレスでするような話じゃないし、真倫も部屋で休ませたい。

「君さえよければ、もちろんそれでいい」

ファミレスを出て母を見送ると、ベビーカーの中で真倫はすでに寝てしまっていた。

さあ、いよいよだ。

もし真司さんが離婚したくないと言ってきても、それは本心じゃない。彼には李花さんという待っている人がいる。

離婚は大前提。真倫の親権を取る。それだけを忘れなければ、大丈夫。

できるだけ真司さんに心配をかけないように、できるだけスムーズに話が進みますように。

そう願いながら空を見上げても、暗い夜空にはなにも見えなかった。

＊　＊　＊

予想はしていたが――。

桜井家もあえて見て見ぬふりを通していたらしい。俺と香乃子の離婚は両家にとって触れてはいけないパンドラの箱になっていたようだ。

神宮寺にとっては選挙、桜井家にとってはせっかくできた現役大臣との縁をそう簡単に手放したくはないんだろう。

俺や彼女には関係ない話だが、今回ばかりはよかった。おかげで一年余りこのままでいられたのだから。

『真司さん、いったいなにがあったの？　心あたりくらいはあるんでしょう？』

義母にそう聞かれて、答えに窮した。

思いあたるのは、ひとつだけ。

『彼女は最初からこの結婚に乗り気ではなかったようなんです。この一年でなんとか彼女の気持ちを変えたいと思っていたのですが』

香乃子の気持ちを変えることができなかった、俺の力不足だ。

『それで、真司さんはどうしたいと考えているの？』

『とにかく彼女と会って話をしたいんです』

理由を知りたい。嫌われているのだとしても、香乃子自身の口から聞かなければ納得できない。

『香乃子と離婚したくないという気持ち、信じていいのね？』

俺は大きく頷いた。

『はい。香乃子さんと一生添い遂げたいと思っています』

義母には俺の気持ちが伝わったんだろう。桜井家を辞して間もなく電話があった。

香乃子と会う約束を取りつけたから、来てみたらどうかと言ってくれたのだ。

【もし、香乃子が会いたくないと言った場合はごめんなさい。香乃子の意志を尊重してあげてくれるかしら？】

『わかりました』

どうか俺と会ってほしい。祈るような気持ちで急ぎ駆けつけたのはいいが、まさか子どもがいるとは。

しかも俺によく似たかわいい女の子——。

「着きました」

ハッとしてベビーカーから視線を上げると、目の前にアパートがある。

てっきりその先に見えるマンションかと思って油断していた。

「ここに住んでいるのか？」

「はい」

案内されたのは四世帯が住むアパートで、昭和を思わせる古い建物だ。

道路を南にして奥に延びている。彼女が進むのは一階の奥。東側が入り口で窓があるが、どう見ても日当たりは悪い。

「どうぞ」

「ありがとう」

セキュリティーが心配になるような鍵で開けたドアの中は、予想に反して明るく見えた。

リフォームがされているのか壁紙は白く綺麗で。家具はどれも優しいオフホワイトで統一されている。柔らかいグリーンのカーテンと、そこかしこにある小さな観葉植物が部屋を飾っていた。

「座っていてくださいね。この子の着替えをしちゃいますから」

赤ん坊を抱いた彼女が隣の部屋に行くと、あらためて部屋を見回した。

リビングにはテーブルがひとつと、ふたり掛けのローソファーがひとつ。クッションがいくつかあって、家具は最低限度のものしかない。慎ましい暮らしが見てとれた。

そして、子どもを座らせる椅子がある。おもちゃ箱も……。

隣の部屋から香乃子が子どもをあやす声が聞こえて、無意識のうちに振り向いた。

「あっ、ごめん」

いきなり目が合って苦笑する。じっと見回していたのに気づかれてしまったか。

「狭いですよね」

「でも、綺麗な部屋だ」

小さく微笑んだ香乃子はよいしょと、子どもを抱き上げた。

子どもについて聞きたいのはやまやまだが、口を結んでぐっと耐えた。

問い詰めるようなことはしたくない。なぜ一方的に別れを告げて姿を消したのか。

こうなった経緯を含めて、香乃子が自分から言ってくれるのを待とう。

でもせめて名前くらいは聞いても問題はないよな？

「子どもの名前を聞いても？」

香乃子は子どもを抱いたまま、少し間をおいて答えた。

「――まりんです」

「まりん……。まりんか。かわいい名前だな」

香乃子は小さな椅子にまりんを座らせた。俺はまりんの椅子のすぐ近くに移動する。

「まりんはどういう字を書くんだ？」

「あ、それは」

戸惑った様子の彼女は、メモ用紙を取り出し【真倫】と書いた。

えっ？　この字は。

香乃子を振り向き、期待に胸が弾んでしまう。

〝真〟はもしかして……。

戸惑ったように視線を合わせようとしない香乃子の様子から察するに、俺の予想通りに違いない。

思い切って聞いてみようとしたが――。

真倫が椅子についているテーブルをぱたぱたと叩き、聞きそびれた。

「ばぁぶー」と意味のわからない言葉を発しているが、顔は笑っているのでご機嫌なようだ。

はやる気持ちを落ち着ける。焦る必要はない。こうして家にまで迎え入れてくれたのだ。話す機会はいくらでもある。

「ちょっと待ってくださいね。ミルクをあげちゃいますから」

手慣れた様子で真倫にミルクをあげている香乃子を見ていると、胸がいっぱいになってくる。

ジッと見つめている俺の視線を感じたのか、ふと振り向いた彼女が戸惑ったように微笑んだ。

「あ、すまない……。これまで大変だっただろうなと思って」

「いえ……」

やはり言い辛いのか、香乃子は瞼を伏せたまま口を閉ざす。

「あの、東京にはいつ、帰って来たんですか？」

「実は今日なんだ。成田に昼過ぎに到着したばかりでね」

「えっ……今日？」

彼女が驚くのも無理はない。とにかく時間が惜しくて、ホテルに荷物を置いて着替えもせずに実家に行き、桜井家を訪ねた。

おかげでこうしてここまで辿り着けたと思えば疲れも飛んだが。

「もしかして、落ち着いて食事もしていないとか？」

「ああ。そういえば機内食を食べたきりかな」

「よかったら……なにか食べますか？」

ハッとして時計を見るとすでに夜の七時だった。

「ああ、もうこんな時間か」

「ありあわせのものしかできませんけど」

「なんでもいい、君が作ってくれるものならなんでも。ありがとう、うれしいよ」

小さく微笑んだ彼女はキッチンに向かう。手伝いたいが狭いキッチンではかえって邪魔になるだろうと遠慮した。

ミルクでお腹いっぱいになったのか、真倫は寝てしまったようだ。その寝顔を見て、漂ってくる料理の匂いに包まれているうちにあっという間に時間は過ぎた。

香乃子は俺のために生姜焼きを作ってくれた。豆腐とワカメが入った味噌汁。ホウレンソウとニンジンの胡麻和え。もずく酢もある。

久しぶりの彼女の手料理だ。

「美味そうだ。日本に帰ってきたって気がするよ」

「あ、そういえば。ロンドンではもずく酢食べませんでしたね」

「そういえばそうだな」

もともとイギリスでは海藻を食べる文化がない。アジアの食材を置いてあるスーパーでなければ、もずくを目にすることはない。

早速、味噌汁を飲んだ。

ひと口で記憶が蘇る。ああ、この優しい味付けだ。香乃子がいなくなってから、俺はずっとこの味に飢えていた。

東京に向かう飛行機の中で、香乃子に会える方法だけを考えていた。まさか今日の今日会えるとは思わなかったが、本当に会えてよかった。

しかもこんな美味い飯まで食べられるなんて最高のスタートだ。

「絶品だ。やっぱり美味いな、君の料理は」

クスクスと彼女が笑う。

「ん？」

「あまりにもしみじみと言うから。――ありがとうございます」

「だって、本当なんだから仕方がないさ」

この感じ、ロンドンで過ごした日々と同じだ。

いつもこんなふうに香乃子が作った料理を囲み、ふたりで笑い合いながら食事をしていた。

会えなかった一年分の溝が一気に埋まった気がするが、それは俺の思い過ごしか？

不意に香乃子のスマートフォンが音を立てた。

彼女は食事を中断して立ち上がり、少し離れて電話に出る。

「そうですか。それはよかったです。じゃあ、小鯵の南蛮漬けは明日も作りましょうか」

小鯵の南蛮漬け？

盗み聞きは失礼だと思いつつ、話の内容が気になる。時刻はすでに夜の八時を少し回っている。いったい誰なのか。

香乃子は時折笑ったりして、電話を切った。

「すみません」

それだけ言って彼女は食事を進める。電話の相手は？　聞かなければ教えてくれないのか。

いったい誰に南蛮漬けをふるまったんだ。

今更のようにふと思った。

『香乃子さん、実はほかに好きな人がいるんじゃないかしら』

もし、李花が言った通り、彼女に好きな男がいたとしたら……。真倫がその男の子だとしたら――。

不安と嫉妬が入り混じり喉がごくりと音を立てる。

「――私、友人の紹介で、小料理店の料理人をしているんです」

「小料理店？」

ハッとすると同時に、そういうことかと思いあたった。

実は警備会社の役員でもある仁に香乃子の捜索を頼んであった。

人任せにはしたくないという思いもあり、とにかく無事を確認できればいいと伝えた。詳しくは調べてもらっていないが、彼女は小料理店で料理を作っていると聞いていたのだ。

男がいるなどと無駄な疑惑だったようだ。ホッとして密かに胸を撫で下ろす。

そもそも真面目で純情な彼女が二股をかけるはずはないのに。どうかしていた。

「料理人と言うと、厨房に立っているのか？」

「立っているというか、開店前に料理を作るだけ作ってカウンターに並べたりしています。真倫がいるので接客はできませんが」

「そうか」

仁のやつ、さては香乃子に子どもがいるのを知っていたなと思ったが、ひとまずそれはさておき、なるほどなと、あらためて思った。

今の彼女の置かれた環境ならばちょうどいい仕事に違いない。

聞きたくてうずうずしている俺の気持ちを察したのか、その小料理店の主人が事故で料理ができなくなり一時的にそこで働き始めたなどと説明してくれた。真倫が生まれてふた月ほど経った頃だったのでタイミングがよかったと。

それまで妊娠中は体調に合わせて短期のアルバイトをしていたそうだ。

「大変だったな。これまで」

「いいえ。自分で選んだ道ですから」

いや。俺にも責任がある。

食事がひと通り済んだところで、俺は食器洗いを申し出た。

さあいよいよだ。なぜ、こうなってしまったのか。話を聞かなければ。

片付けが済んだテーブルに香乃子がお茶を出してくれたところで、話を切り出した。

「香乃子、君がこの道を選んだ理由を聞かせてくれないか？」

視線を落とす彼女に訴えた。これだけははっきりと伝えたい。

「俺は君と離婚する気はない」

ハッとしたように香乃子は顔を上げた。

「で、でも、最初から一年という約束でしたよね？」

「じゃあ君は一年という約束じゃなければ俺と結婚しなかったのか？」

「それは……」

言葉に詰まる彼女の返事を、辛抱強く待った。

母が誤解したように、香乃子もまた〝一年間〟という呪縛に縛られていたのか。

だとしたらやはり俺のせいだ。俺があんなことを言ったばっかりに……。

「もともと私に拒否権はありませんでしたから、望まれれば結婚はしたかもしれませんが、でも、真司さんも一年だから私と結婚したんですよね？」

それには大きく横に頭を振った。

「違う。俺はどうしても君と結婚したくて。――一年と言えば君の気持ちが軽くなると思ったからそう言っただけだ」

香乃子の表情が歪む。

「そんなはず……」

どうして、そう思うんだ？

一日遅れのクリスマスで俺たちは本当の夫婦になれたんじゃなかったのか？

俺はなにを、どこで間違ったんだ？

「香乃子、俺は君とこの先の人生もずっと一緒にいたい」

訴える声が大きかったのか、真倫が泣きだしてしまった。

「あっ……」

立ち上がった香乃子は真倫のもとへ行き背中を向けたまま言った。

「今日はもう帰ってください」

大きく息を吸い気持ちを落ち着けた。

彼女を追い詰めてはいけない――。

「わかった。また来るよ。明日もあさってても」

香乃子。君がなぜそんなふうに、俺の言葉が信じられないという表情をするのか。

その理由がわかるまで、毎日俺はここに来る。

揺れる炎

眠れないほど悩んだのに――。

ことことと音を立てる鍋の湯気が、私の吐いたため息を掻き消してゆく。

サバの味噌煮から甘辛い匂いが立ち上り、ガスを止めた。

『俺は君と離婚する気はない』

彼ははっきりとそう言った。

一年という約束だったと言えば解決すると思ったのに、まさかあんなことを言うなんて。

『違う。俺はどうしても君と結婚したくて。一年と言えば君の気持ちが軽くなると思ったからそう言っただけだ』

そんなはずはない。李花さんの話は作り話にしては辻褄が合っていたし、嘘にしてはできすぎている。彼女は彼を信じて待っている。それにお義母さまだって……。

李花さんとお義母さまが親しげに笑い合う様子が脳裏を過る。

鬱々たる思いに駆られ手が止まる。そしてまた重いため息が漏れた。

真司さん……真倫に会って、先走ってしまったのかな。

彼は真倫の名前を聞いただけだったけれど、きっと自分の子どもだと気づいたはず。小さいけれど顔も似ているし〝真〟の一字に意味を見出したと思う。

本当は離婚の話をしに来たのに、真倫の存在を知って、なにも言えなくなってしまったのか。

私が逃げないで、ちゃんと離婚の話をしてから帰国していれば、こうはならなかったに違いない。逃げてばかりいたせいで、ややこしくしてしまった。

ごめんなさい。真司さん……。

彼はまた会いに来ると言っていたが、その言葉通り毎日現れた。

その度にごめんなさい。帰ってくださいと言い続けている。昨日はドア越しに『もう来ないでください』とも言ってみたが……。

『ごめんな香乃子。生憎、俺はあきらめが悪いんだ』

彼はそう言って帰っていった。

ドアに背中を向けたまま、遠ざかる彼の足音を聞きつつ、申し訳なさに打ちひしがれてその場で泣き崩れた。

この状態がいつまで続くんだろう。どうしたらあきらめてもらえるのか。

今度こそ面と向かってはっきり断ろうと勢い余り、昨夜はうっかり確認もせずに玄関ドアを開けてしまった。

すると、見知らぬ若い男性が立っていて『近くで美容室をオープンしたのでよろしくお願いします』とチラシを差し出した。不審者ではなかったからいいようなものの、チェーンすらせずにドアを開けてしまうなんて。

後になって無性に怖くなった。

普通の人に見えた男性が、もし悪人だったら。通りに面しているアパートとはいえ、あの部屋は奥まっている。なにかあっても気づかれにくい。

すっかり恐怖心が芽生えてしまい、外から聞こえるわずかな物音に怯え真倫を抱くと、不安が伝わったのか真倫も泣き出した。『泣かないで大丈夫だよ』と布団を被って抱きしめていると、悲しくて、寂しくて涙が頬を伝わった。

常に息苦しかった実家を出て、自由を手に入れたと夢中で毎日を過ごしてきたけれど、時々振り返ってしまう。

真司さんと過ごした楽しかった日々……。

見知らぬ土地であるロンドンに行っても、寂しさや不安を感じなかったのは、彼がそばにいてくれたから。

ここに真司さんがいれば、どれほど心強いだろう。

真倫を抱きしめながら、そんなことを思う自分を叱咤して。そして、ようやく気持ちが落ち着いたとき、彼が来た。

はっきり言おうと奮起していたはずが、顔を合わせる勇気すらなくしてしまい、扉を開けずに『帰ってください』としか言えなかった。

言いながら彼の存在にホッとする自分がいて……。

彼が来る度に、私は弱くなっていくような気がする。

しっかりしなきゃ。

李花さんのもとに、彼を返してあげないと。

別れを受け入れる準備はとっくにできているのだから、私は大丈夫。急に動きだした歯車に心が動揺しているだけ。

そう言い聞かせて目の前の料理に集中する。

旬の魚、桜鯛のポアレに添える茹でた菜の花と菜の花のソース。カブのそぼろ餡も、もうすぐできあがる。失敗もなく順調だ。

不意にガラガラと店の戸が開く音がして、驚いて心臓が跳ねた。

「あ、喜代子さん。お疲れ様です」

「ご苦労さま」

　ありえないのに真司さんかと思ってしまった。

　またしてもおかしな期待をした自分を、ダメじゃないと心の中で戒める。こんなに動揺ばかりしていては情けないし、身が持たない。もし、今夜も彼が来たら、今回こそはっきりと言って終わらせる。それで落ち着いた日常を取り戻そうと心に誓った。

「美味しそうな、いい匂いね」

　時計を見ればまだ夕方の五時だ。いつもより早く来た喜代子さんは持ってきた袋から何枚かお皿を取り出し、古い皿との交換を始めた。

「今日は時間があったから買ってきたの。端が欠けている器が増えてきちゃって」

「素敵な器ですね」

　以前から思っていたが、店で使っている器はどれも素敵だ。恐らく陶芸家の手作りの器だろう。

「知り合いの陶器屋さんに頼んでおくの。いい器は料理を引き立ててくれるからね」

「そうですね。私も器が好きです」

　他愛ない話をするうち、ふと喜代子さんが「実はね」と言った。

「主人の退院の目処(めど)が立ったの」

「そうですか！　それはよかったです」

「まだ無理はできないけど、順調なら来週からでも少しずつお店に立てるかもしれないわ」

「すごいじゃないですか」

明るい知らせだが、となると、私は職を失う。次の仕事を探し始めなければいけないわけで……。

でも、それはそれ。暗い顔をしてはいけない。なによりもご主人の復帰が第一だから。

「それでね。相談なんだけど。香乃子ちゃん、ここで昼の営業してみない？」

にっこりと微笑んだはずが、そのまま固まった。

「昼の営業、ですか？」

「ランチだけだとそうそう利益は出ないかもしれないけど、料理が余っても夜に出せるし、香乃子ちゃんの腕なら常連さんがつくと思うのよ。お客さんからも昼もやってほしいって声があるの。どう？　ゆっくりでいいからちょっと考えてみて」

「あ、ありがとうございます。よく考えてみます」

なんともありがたい話だ。私にはいつか自分のお店を持ちたいという夢がある。そう簡単なことではないから、叶うとしてもずっと先。

でも、ここで経験を積めれば夢に向かう大きな一歩になる。調理師免許を取得するために必要な二年間の実務経験が得られるのは大きい。

途端にわくわくと胸が躍った。

喜代子さんのご主人が完全復帰するまでは、まだ最低でも二週間はかかるらしい。それまでに考えてくれればいいと言ってくれた。

帰る道々、具体的に考えてみた。

ランチタイムの三時間か。真倫をどこかに預ける？　それとも背負って？　バイトを雇う余裕はあるのかな。

「真倫、ママどうしよう」

ベビーカーの真倫に話しかけると、真倫は手にしたおもちゃをパタパタと振って笑う。

アパートに帰ると、ポストにメモが入っていた。

【お疲れ様。今夜は用事ができたので明日また来る　真司】

もう。今日こそはっきり言って決着をつけるつもりだったのに、今度はすれ違い？

心で文句を言いつつ、メモを書く彼を想像しクスッと頬が緩む。

ランチタイムの話をもらったせいか心に余裕ができたようだ。メモを見ても笑みが浮かぶほどに落ち着いていられた。

それにしても忙しいのにわざわざメモだけを置きに来るなんて、いかにも生真面目な彼らしい。

そんなところも好きだったよねと、ちょっぴり切なくなる。

少し恋しがるだけなら……。この胸の想いを誰にも知られなければ、いいよね？と密かに思う。

それくらいは神さまだって許してくれるだろう。


明くる日は、リエちゃんと花見の約束をした金曜日。

朝から天気もよく、花見に出かけた。

「こんにちは真倫ちゃーん」

リエちゃんはいつものように顔の両脇に手を広げておどけて見せる。

真倫も安定の笑顔だ。

「お母さんがお弁当作ってくれたんだ。公園で食べよう」

「うわー、ありがとう」

早速広げたお弁当は、二段重ねの重箱で一段目にはいなり寿司。二段目には唐揚げと厚焼き玉子。ポテトフライにブロッコリーやニンジンのサラダ。リエちゃんのお母さんの優しさが詰まったお弁当にほっこりする。

「香乃子の料理と違ってありきたりの定番だけど、まあたまにはいいでしょ」

「すごくうれしいよ。リエちゃんのお母さんの手作りすごく美味しいもの。ありがとう、本当にうれしい」

リエちゃんのお母さんには出産のときに、とてもお世話になった。

なのに今の私にお返しできるものはなくて。

「なんだか申し訳ないな……」

「ん？　もう、気にしない気にしない。うちのお母さん、香乃子の筑前煮、めっちゃ好きなんだよ。この前たくさんくれたお礼だって」

あっけらかんと笑うリエちゃんは、紙袋から別の保存容器を取り出した。

「はーい。真倫ちゃんには、ジャガイモとかリンゴとかで作った離乳食でちゅよー」

お座りしている真倫は「あーう」と、手をばたばたさせてリエちゃんに答える。

「きゃー、ちっちゃい前歯が下だけ生えてるーかっわいい」

帽子についている丸い耳を触って、リエちゃんが真倫と戯れている間に、私は桜を見上げた。

青空の下、ちょうど満開の桜が眩しい。桜の名所というわけではない普通の公園だけれど、家族連れや恋人たちが私たちのようにお弁当を広げている。

桜の開花時期はとても短い。

もしかしたら真司さんも、李花さんとどこかで見ているかな……。

リエちゃんに「実はね」と、真司さんと会った話をした。

それとキ喜のランチタイムの話も。

「まずランチタイムだけど、やってみたらいいじゃない！　香乃子ならできるよ。ワンプレートにしちゃえば会計だけで済むんじゃない？　カレーは？　香乃子のスパイスカレーとっても美味しいし」

「そっか、カレー。そうだね」

カレーでひとつメニューができる。ほかに二種類くらいあれば十分か。副菜は作り置きで、メインの温かいものだけ注文後に入れればいいか。ワンプレートなら盛り付けるだけ。頭の中にイメージが湧きわくわくと胸が躍る。

「問題は真司さんだね」

「あ、うん……」

「よかったねと言いたいところだけど、香乃子はやっぱり身を引きたいんだよね？」

キュッと口を結んで頷いた。気持ちは今でも変わらない。

「私たちはもともと一年の約束だったたし。李花さんはそれを信じて待っていたわけだから、蔑ろにはできない。神宮寺の家もそのつもりでいるんだもの」

「じゃあさ、その辺の事情を取っ払って考えてみて、真司さんのことだけを考えたら、香乃子はどうなの？」

「それは――」と切り出したものの後が続かなかった。

自分の気持ちはわかっている。

離れて暮らして消えかけていた想いが、彼の登場でまた形をなしてきた。

消えるどころかあらためて再認識させられた気さえする。ロウソクのように儚い炎のはずが、どんなに揺れても消えてはくれない。

「香乃子。なにがいいのか私にはよくわからないけど。でもね」

リエちゃんはにっこりと笑顔を向ける。

「私は香乃子に幸せになってほしい。もっともっと貪欲に幸せを掴んでほしいと思ってる」

「貪欲？」

「そうだよ。幸せって案外そこらへんに転がってるのに掴まないと逃げちゃうんだって。自分から掴もうって気持ちがないと、幸せは自分のところに来ない」

真剣に聞いていると、リエちゃんは照れたように笑う。

「なーんてね。うちのお母さんが言ってた」

「わかる気がする。さすがリエちゃんのお母さんだ」

私の幸せはと考えて、真倫に目がいき、ふと真倫を抱いてあやす真司さんが脳裏に浮かんだ。

切なさと罪悪感が込み上げる。

真司さんの言葉だけにすがりつけば、もしかしたら掴める幸せなのかもしれない。

でも、手を伸ばしちゃいけない。

誰かを傷つけてまで掴んではいけない幸せもあるのだから……。

＊　＊　＊

ラグにソファー、家電、基本的なキッチン用品も全部揃った。なんとか形になった部屋を見回しホッと胸を撫で下ろす。

「ありがとう。助かったよ」

「いいえ。こちらこそありがとうございました」

百貨店の外商担当者を見送り玄関の扉を閉める。

香乃子と再会を果たした次の日。早速不動産屋の友人にマンションの相談をした。

条件はセキュリティーがしっかりしていて子育てに向いた部屋。日当たりがよく高層階ではなく、それなりに広いバルコニーか庭がほしい。滑り台とかブランコを置きたいし、夏はビニールのプールも広げなければ。

そしてちょうどいい低層仕様のマンションが見つかった。

わくわくと胸躍らせて部屋を決め、実家が利用している百貨店の外商を呼び、急ぎ家具を揃えた。なにしろ時間がない。たった三日で住むまでにこぎ着けるという異例の速さだ。

これも頼りになる母校青扇学園(せいせんがくえん)の後輩、氷室仁のおかげだ。

「なんとか形になりましたね」

リビングを見回す仁に「ありがとうな、仁」と礼を言う。

「本当に助かったよ。早速コーヒーでも淹(い)れてみるか」

仁が手土産にコーヒー豆を持ってきてくれた。彼をソファーに促して、コーヒーメーカーのセットをする。

　香乃子を捜そうと決めたとき、頼ったのは仁だ。彼は一族が経営する警備会社の役員でもある。場合によっては探偵業務も引き受けてくれるので、香乃子を捜してくれるよう頼んだのである。

　わずかな手掛かりは俺たちが結婚した知らせを送った彼女の友人。当時ハガキを郵送したときのリストが俺のパソコンに残っていたのだ。地方に住む友人もいたから見つけられるか心配だったが、見つかったのは都内の下町だった。

　コーヒーカップを仁の前に置く。

「いろいろありがとうな」

　彼には今日も世話になった。急だったため百貨店だけでは運び入れる人員が確保できず、仁に相談すると人手のほかトラックまで用意してくれたのだ。

「いえ、いいんですよ。ロンドンでは世話になりましたし」

「いや、あれは仕事の一環だ」

　彼はロンドンに来る要人の警護の仕事で来ていて、現地の警備会社についての情報を知りたがっていた。警備なら仕事柄よくわかっている。邦人が危険な目に遭わないよう尽力する意味でも協力したのだった。

「おかげでおかしな奴らと契約せずに済んだんですから、これくらいおやすいご用ですよ」

仁が掴んできた情報により、彼女の暮らしぶりがわかった。だが――。

「なぁ仁。お前、香乃子が子どもを産んだの知ってただろ」

仁はにんまりと目を細めてコーヒーをひと口飲むと、ゆっくりと口を開いた。

「俺の口から報告するのもどうかと思いまして」

それもそうだ。仁の気持ちはわかる。

ロンドンの地にいて子どもの存在を知ったら、俺は途方に暮れただろう。

「それで、なにかわかったんですか？」

「いや」

結局話は平行線のまま、原因も見えない。

首を横に振りコーヒーを飲みながら考えた。関係があるかどうかは別として、やはり気になる。

「なぁ仁、一ノ関李花って知ってるか？　青扇でお前の五歳下だ」

華道の家元の娘だと言うと「ああ」と彼は頷いた。

「あんまりいい評判は聞かないですね。自分の思い通りにするためには手段を選ばないような子じゃなかったかな」

仁は予想通りの答えを返し苦笑を浮かべる。

李花はいかにもお嬢様然としていて、誰かに頭を下げる姿が想像できないような女性だ。悪く言えば、いけ好かない女である。

「気のせいかもしれないが、もしかして今回の件と関わっているのかと思ってな」

彼女が渡英してきて言った言葉と、母がおかしな誤解をしている話をした。

『香乃子さんと離婚したんでしょう？』

李花の確信めいた言い方もだが、何度説明しても母は俺が李花と再婚するものだと信じ込んでいた。

やはりどう考えても変だ。

「あー、真司さんを狙ってるわけですね」

「そう思うか？」

「ええ。本人より先にターゲットの身近な人間を取り込む。李花らしいやり方だ」

「詳しいな」

聞けば仁の友人が彼女にストーカー紛いの行為をされた経験があるという。

「家に帰ると彼女がいて母親と仲良くなっていた。まさに今の真司さんと同じですよ。

彼の母親も一ノ関の華道を習っていた。そこを窓口に家に入り込んでくる」

聞きながらゾッとした。

「なんだそれ。だけど俺は結婚しているんだぞ？」

「常識が通じない相手ですからね。香乃子さんを蹴落とすくらいためらいなくするでしょう」

喉の奥がごくりと音を立てる。

李花が裏でなにかしているのか。まさか、香乃子にもなにか？

とにかく母にもう一度よく話を聞こう。

「彼女はなにしろ母親が日本有数の華道の家元ですからね。外務省とも結構繋がりがあるんじゃないですか？」

「ああ。レセプションでよく協力してもらっている」

それゆえ面倒だと思いながらも李花に気を遣ってきたのだ。

香乃子が心配だ。

「真司さんが香乃子さんをあきらめていないと知れば、ちょっと心配ですね」

「まいったな……」

「なにかあれば言ってください。協力は惜しみませんから」

「ありがとう」

仁が帰り、さて次はなにから手をつけようかと考えた。

母に話を聞く必要があるが、まずは香乃子だ。

あらためて李花がロンドンに来た日の記憶を辿る。

『真司さんと交代したあの日に香乃子さんと話したの。契約結婚で、一年間だって私に言ってきたわ。私に、自分がいなくなったあとのこと頼むって』

本当にそう言ったのか、香乃子に確認しなければ。

だが、もし本当だと言われたら――。

大きくため息を吐き、首を振った。なぜこうも臆病になってしまうのか自分に呆れるばかりだ。俺が引いてしまえばこれでお終(しま)いだというのに。

とにかく尻込みしている場合じゃない。李花が嘘をついてまで神宮司家に入り込もうとしているなら、俺の動きを知った李花が香乃子に危害を及ぼす可能性がある。

一刻も早く彼女をここに連れてこなければ。

問題はどう説得するか。

アパートで交わした会話をつらつらと思い返した。

『君は一年という約束じゃなければ俺と結婚しなかったのか？』

『もともと私に拒否権はありませんでしたから、望まれれば結婚はしたかもしれませんが、でも真司さんも一年だから私と結婚したんですよね？』

彼女は淡々と答えたが、俺の目を見ようとはしなかった。

俺はどうしても君と結婚したくて。一年と言えば君の気持ちが軽くなると思ったんだと訴えたが、どこまで伝わったか。怪訝そうな様子を見る限り不安が残った。

強く言ったところで気持ちが伝わるとは思えない。そのいい例が、彼女の父親だ。

桜井の義父は香乃子に対して高圧的なところがある。

対して香乃子は父親の話になると途端に口が重くなる。微笑んでいたとしても、それはあきらめの笑みのように変わるのだ。

それが少し気になっていたが、義母の話を聞いて合点がいった。

『あの子を無理に実家に連れ戻さなかったのには、理由があるの。香乃子には自由がなかった……夫が許さなかったから』

俺まで義父のようにはなりたくない。できる限り彼女に寄り添って、彼女とともに解決したいが……。李花の動きも読めない以上、そうも言っていられない。

今は帰国したばかりでまだ時間があるとはいえ、来週には本格的に仕事が始まる。そうなれば時間が取れなくなるだろう。

さて、どうしたものか。

夕べ、香乃子が料理を作っているという小料理店キ喜に行ってみた。

仁から聞いていた通り、明るい女将と元気のいい若い男が切り盛りしていた。長いカウンターに並ぶ料理の数々はどれも美味しそうで、彼女が作ったと思うと全部食べてみたかったが、ひとまずおばんざい盛り合わせを頼んだ。

『こちらは桜エビのクリームコロッケです。人気なんですよ』

ほかに新ジャガイモの甘辛煮、菜の花の辛子和えなど春らしい優しさが溢れるメニューに、自ずと顔が綻んだ。

思わず『美味しそうだ』と声を出すと、女将が『ええ、美味しいですよ。うちの自慢の料理人が作っていますから』と微笑んだ。

常連客らしき男が『かのちゃんが店に立ってくれたらなぁ』などと言い、女将が『私じゃ不満ってか？』と笑いが起きていた。香乃子は〝かのちゃん〟と呼ばれているらしい。

俺がその香乃子の夫なんだと言いたいのをこらえ耳を傾けていると、話の様子では、ごくたまに彼女は夜七時前の早い時間なら真倫を背負ってお店にいることもあるようだ。

会計のときに出てきたのは若い男だった。

あの男はどういう男なんだ？

いっそ、次に行ったときには身分を明かし、香乃子をよろしくと釘をさしておいたほうがいいかもしれない。

そんなことを思い返しながら、彼女のアパートに向かった。

とにかく今は可能な限り会いに行くしかない。

途中、真倫へのお土産のぬいぐるみをひとつ買う。本当はたくさん買いたい衝動を堪えて、淡いピンク色のうさぎのぬいぐるみにした。香乃子にもと考えて迷い、今回はケーキにした。

アパートの近くまで行くとパトカーを見かけた。

なにか事件でもあったのだろうか。心配でたまらず足早に進む。

リエちゃんと別れ、仕込みの仕事をしながらランチタイムについて具体的に考えてみた。

カレーは火の通りが早いキーマカレーにしよう。惣菜は和え物に漬け物、煮物の三種も作れば十分か。真倫を背負うとしても、二時間半くらいならきっと大丈夫だと思う。真倫はおとなしい子だから。

とにかくひとりで切り盛りできる方法を考えよう。

あれこれ考えているうち、真司さんのことを忘れていた自分に気づく。

結局は今のようにふとした瞬間に思い出してしまうが、それでもいくらかはましになった。なにしろランチタイムの提案をされるまでは、考えたくなくても彼のことが頭から離れなかったから。

きっと大丈夫。この一年がそうだったように、日々の生活に身を任せていれば、また少しずつ距離ができる。静かに時間が過ぎて、平穏な日常が戻ってくるはずだ。

「真倫。今日は疲れたね」

花見に出かけてからずっと家には帰っていない。仕事中もすやすやと背中で寝ていた真倫は、今もベビーカーの中で眠たそうな顔をしている。

途中、パトカーを見かけてまた少し不安になり先を急いだ。帰ったら早めにお風呂も済ませて寝ようと思いながらアパートに着くと――。

「えっ……真司さん？」

「お帰り」

唖然とする私に真司さんは、ケーキの箱を掲げて見せた。

「ご馳走になったからそのお礼に」

「ありがとうございます……」

反射的に受け取ってしまったが、どうしたものか。

ハッとして思い出した。突然顔を合わせた驚きで忘れてしまったが、次こそ決着をつけると決めていたのだ。今夜こそ彼とちゃんと向き合わなければ。

気持ちを落ち着けて「どうぞ」と誘った。

「お仕事はお休みなんですか？」

仕事帰りにしては早い時間だし、彼はラフな服装をしている。

「うん。いろいろ用事があって」

考えてみれば彼は帰国したばかりだ。雑多な用事もあるだろう。

李花さんが脳裏をよぎったが、気を取り直す。彼と彼女の問題は本人たちが考えることで、私は深く考えてはいけない。

部屋に入ると、真司さんが紙袋を差し出した。

「実は真倫にも、おもちゃを買ってきたんだ」

照れたような笑みを浮かべて、彼は袋の中からぬいぐるみを取り出した。

受け取ったぬいぐるみは、フワフワと柔らかくてかわいらしいピンクのうさぎだ。

「ありがとうございます」

真倫を気にかけてくれたのね。

聞きたいだろうに、我慢してくれているに違いない。彼の優しさに少しくらい応えてあげなければ……。

「真司さんから、真倫に渡してみますか？」

うれしそうに頷いた彼は、ベビーチェアに座る真倫の前にしゃがみ込んだ。

「うさぎだぞ、真倫、どうだ？　気に入ってくれるか？」

真倫は真司さんをジッと見つめて、ぬいぐるみを掴むと、うれしそうにキャッキャと笑う。

「抱いてみますか？」

「ああ、抱いてみたい」

ベビーチェアから真倫を抱き上げ、真司さんに託すと、彼は愛おしそうに真倫を抱いた。真倫も嫌がらずにジッと真司さんを見つめ、真司さんがにっこり笑うと、つられたように笑う。

「真倫、よしよし、かわいいなぁ」

何度こんな光景を夢見たか――。ふたりの姿に目が奪われ胸がいっぱいになる。

喉が苦しく目頭が熱くなって、慌てて目を逸らした。

これから別れの話をしなきゃいけないのに、しっかりしないと。

深呼吸で気持ちを立て直し、とりあえず今夜も夕食に誘おうかと考えた。

冷蔵庫に西京味噌で漬け込んだサワラがふた切れと、夕べ多めに作った肉じゃがもある。最後になる晩餐が肉じゃがというのは、どうなんだろうとは思ったが、真司さんは肉じゃがが好きだからいいよねと、自問自答する。

肉じゃがは薬膳的にも生命力の源となる気を補うし、胃腸にも優しい料理だ。いつだったか、真司さんにそう説明したことがある。

彼は感心したように『じゃあたくさん食べよう』と笑ってくれたっけ。

懐かしさを振り切り、真司さんを振り向いた。

床に腰を下ろした彼は胡坐をかいて、よく似た顔の真倫をちょこんと抱いている。

「夕ご飯、食べていきますか？」

「いいのか？」

そんなふうにハッとしたような笑みを向けられると、ついうれしくなってしまう。

真司さんの笑顔は危険だ。

「残り物ですけど」

「十分だよ。なんだってうれしいさ。なぁ、真倫」

一言ひと言が胸をキュンと刺激して困る。彼は爽やかな晴れの青空のような人だから、いるだけでこの小さな部屋がキラキラと輝く。

そしてその分、帰った後が寂しくなるのだ。お祭りの後のように……。

でもそれもあと少しで終わる。今日はっきりと決着をつければあとは時間が解決してくれる。彼の東京での仕事が本格的に始まれば、こうしてここを訪れる余裕はなくなるから。

サワラの西京焼きを焼きつつ、菜の花とアサリのお吸い物を作る。肉じゃがを温めて、きゅうりと大根の糠(ぬか)漬けを切って。

真司さんがいなければこんなに作らない。夕べは肉じゃがとほうれん草の胡麻和えだけだった。

心がうきうきしているのがわかって、悲しくなる。

ふと、お店の昼営業と合わせて、引っ越しも考えようかと思った。

行き先は今度こそ真司さんにも秘密にしよう。

おとといの昼間、母から電話があった。

【香乃子、お父さんにはどうする？ 真倫のことは、まだ言わないほうがいいわね？】

『うん。お願い。もう少し待って』

真倫の存在が父に知れて、万が一にも神宮寺家と揉めたりしたら厄介だ。

真司さんと離婚の話が正式にまとまって、真倫の親権も私がこのままとれるまでは、絶対に父には秘密にしたい。

私を道具としてしか思っていない父は、次の私の利用先を考えて真倫を真司さんに押し付けようとするかもしれない。

【わかった。大丈夫よ。お父さんには言わないわ】

母はそう言ったけれど、真司さんがご両親に真倫の存在を報告するだろうし、結局は時間の問題なのだ。

あれこれ考えるうち夕食はできあがった。

狭い台所にはスペースがないので、盛り付けた順番からテーブルの上に置いていく。

「うわ、美味そうだな」

湯気の立つ肉じゃがに、真司さんは相好を崩し、真倫をベビーチェアに移動させた。

「手伝うよ。持っていくものはある？」

「じゃあ、これを」

あまりも彼が自然で、ロンドンでの暮らしが昨日のことのように思える。

料理を見てまるで子どもみたいに瞳を輝かせる彼に、クスッと笑ったときだった。

ドアがコンコンとノックされた。

ハッとして立ち上がり、足音を立てないようにして玄関に向かう。

『香乃子、気をつけてね。最近この辺りで泥棒が入ったみたいなの』

リエちゃんから聞いたばかりだ。さっきもパトカーを見かけたし、嫌な予感がする。

夕方や夜の訪問なんて、そうそうあることじゃない。

返事をせずにドアののぞき穴を見て、ギョッとした。

警察官の制服を着た男性と女性が、あたりを見回しながら立っている。チェーンをしたままドアを開けると、女性警察官がにっこりと微笑んで一歩前に出た。

「こんばんは。夜分すみません。実は――」

上の階に空き巣が入ったらしい。夕べ上の住人は外泊したらしくいつ頃泥棒が入ったのかわからないという。

「物音などは聞いていませんか？」

「あの……。夕べというか、明け方近くに上から物音が」

確かに聞こえた物が落ちるような音。あれは泥棒が出した物音だったのか。

ぞっとして喉の奥が苦しくなる。

「どうした？」

心配になったのか真司さんが来て、私を庇うように後ろに立つ。

「えっと、ご主人ですか？」

「はい」

隣の住人も明け方近くに階段を駆け下りる音を聞いたとの証言をしたようだ。

上の階だけじゃない。この近所で立て続けに数件被害がでているという。恐怖で体が震えたが、彼が寄り添ってくれたおかげで落ち着きを取り戻し、記憶にある限りの話をする。

警察官がいなくなると私も真司さんも、同時にため息を吐いた。

「物騒だな」

お金の心配がなくなったら、もう少しセキュリティーのしっかりしたマンションに引っ越そうと思っているが、きっと彼も不安に思ったに違いない。

夕食を食べ終わり、一緒に後片付けをしていると「うちに来てほしい」と彼が言った。

「香乃子、頼むから一緒に住もう。とても心配で帰れない」

「真司さん、心配はわかりますけど、ちゃんと警察の方も来てくれましたし」

「頼む。考えてくれないか？　せめて犯人が捕まる間だけでもいい」

不安なせいだ。美容室のポスティングに来た若い男性も気になった。関係ないとは思うので警察にも言わなかったが、もし――。

不吉な想像に背筋が凍りつく。私ひとりじゃない。真倫になにかあったらと思うと、それだけで居たたまれなくなる。

「あの……、では、今夜だけ」

彼がハッとしたように笑顔になった。

「よかった。そうしてくれるか」

正直私も心からホッとした。今この瞬間彼がいなかったら、真倫を抱えて心配のあまり途方に暮れていたと思う。

食事を済ませて荷造りをする間、彼には真倫を見ていてもらう。

ひと晩だから最小限にと思うのに、オムツや着替えが足りなくなるのが心配で結構な量になってしまった。

「すみません」

「全然平気だよ。タクシーで行こう」

夜なのでよくわからないが、そう遠くまでは行かずにタクシーは止まった。

高層ではないが、コンシェルジュがいる重厚な造りのマンションだ。神宮司家が所有している部屋があるのだろうか。

まさか、李花さんと住むために用意したとか？

「さあどうぞ」

「おじゃまします」

不安な気持ちを抱えたまま中に入ると——。

うわ。こ、これは……。

部屋に入って驚いた。どう考えても単身者向けではない。

部屋はマンションの二階。広々とした空間で、リビングにはベビーベッドがあった。

唖然としていると真司さんが照れたように笑う。

「先走ってしまって」

どう言ったものか困り、ほろ苦い笑みが浮かぶ。

「真司さん、日本に帰ってきたばかり、なんですよね？」

ここは本当に彼の新しい家なのか。まさか李花さんも子どもが？と考えて、真司さんに限ってそれはないと思い直す。頭の中が混乱して、この状況を受け止めきれない。

「実は今日家具が揃ったばかりなんだ」

ファミレスで会ったあの日の朝に帰国したと聞いたはずだ。指折り数えても、あれからまだ三日しか経っていない。

「えっと……たった三日の間に部屋を決めて、これだけの家具を揃えたんですか？」

彼は気まずそうに頷いた後、振り切ったように笑顔を向ける。

「君の部屋もあるんだ。見てみないか？」

えっ、真司さん……私の、部屋って？

真倫を抱いたまま、彼に背中を押されるようにしてリビングを一旦出る。バスルームなどを案内されつつ、廊下を奥に進む。

「ここが、俺たちの寝室」

〝俺たち〟と言われて心臓が跳ねた。

大きなベッドがドンと真ん中にある。

「隣が君の部屋、と言っても君が好きなものを揃えたらいいと思って最低限の家具しかないが。こっちの扉はリビングとも繋がってるんだ」

明るい部屋だった。ドレッサーに机と椅子。ロンドンでの私の部屋の雰囲気に似ている。

「そして、こっちの部屋は真倫の荷物をいろいろ置けると思う」

真司さんの部屋も見せてくれた。

私の部屋よりも狭くて、暗いだろう北西にある。

「真司さん、さっきの部屋を使ってください。私はこっちで――」

あっ、言ってしまってから気づき、慌てて口を手で押さえたがもう遅い。

いつの間にかここに住むつもりになっていた。

「俺はいいんだ。どうせ夜しか使わないし日当たりは関係ないからな」

うれしそうに答える彼の笑顔にほだされそうになり、そっと視線を外す。

大丈夫。この素敵な家具も部屋も無駄にはならない。使う人がほかにいるのだから。

あくまで今夜一日だけだと自分に言い聞かせた。

「じゃあ、どうぞまず風呂に入って。それからゆっくりしよう」

「あ、はい」

時刻は八時。食事は済ませてあるので、あとはもうお風呂に入って寝るだけだ。

リビングのベビーベッドに真倫を寝かせ、ひとまず私用に用意してくれたという部屋で荷物を広げる。

準備を整えてリビングに戻ると、真司さんがベビーベッドの真倫を覗き込んであやしていた。

「真倫、ほーら、うさぎと握手だぞ」

その様子を見てふと思った。

真司さんにお願いしてみようか？

こんな機会は滅多にない。真倫の記憶には残らないかもしれないけれど、話して聞かせてあげられる。

「あの……真司さん。よかったら、真倫をお風呂にいれてみます？」

予想通り、彼は弾けたような笑顔を見せた。

「やってみる。教えてくれ」

「はい」

早速腕をまくってやる気満々の様子に思わず笑った。

体の洗い方を手助けしたりして、と言っても彼は器用だし飲み込みが早いので安心して見ていられた。

彼の大きな手に支えられて、真倫も気持ちよさそうだった。

「濡れちゃいましたね」

「どうせ着替えるんだ。構わないさ。先にゆっくり入っていいよ。真倫は俺が見てるから」

「ありがとうございます」

お言葉に甘えて先に入らせてもらうことにした。

「そこに入浴剤がいろいろあるから使って」

真司さんがそういうと、彼の腕の中で真倫が「ばぶー」と同意するように手をばたつかせる。

「ほら、真倫も使えって言ってるぞ」

「そうなの？」

「ぶーぶー」とご機嫌の真倫を見て、あははと笑い合った。

入浴剤は色々ある。薔薇の花の形のものやハーブの香りに薬草。私が選んだのは炭酸の泡がでる森林の香りというものだ。

ひとりでゆっくりお風呂に入るのは、本当に久しぶりだ。

リエちゃんが泊まりに来てくれて、真倫を見てくれている間に入ったことがあるけれど、アパートのユニットバスは小さい。こんなふうにのびのびと体を伸ばせなかった。

ああ、気持ちいい……。一時間でも二時間でも入っていたくなる。

ここに住んでしまえば、毎日このお風呂に入れるんだよ？　真倫が泣いてもここなら周りを心配しないで済むんだよ？

なにより優しい真司さんがいる。

甘い。甘すぎる誘惑に身をゆだねたくなってしまう。

なんとか誘惑を振り切れたのは、李花さんの顔が浮かんだからだ。

心を強くしてお風呂から上がると、リビングで真司さんが待っていた。

真倫の様子を見ると、もう夢の中にいるようでぐっすりと眠っている。

「ノンアルコールのワインだ。飲んでみる？　意外と美味しいよ」

「ありがとうございます」

礼を言って真司さんが座る向かいのソファーに腰を下ろす。

差し出されたグラスの白いノンアルコールワインはスパークリングワインのように気泡が立っている。

口にするとお風呂上りで乾いた喉をさっぱりと潤し、とても美味しかった。ブドウのいい香りもするし甘さ控えめで私の好きな味だ。

「本物のワインみたいですね。美味しいです」

「シャルドネで作られているからな」

なるほどと納得する。ボトルもワインと変わらない。

でも彼はお酒に強いから、一緒に暮らした間にノンアルコールを買った記憶はない。私のために用意しておいてくれたのだろうか。

テーブルの上にはチーズやチョコレート、そしてショートブレッドがある。

私はチョコレートが好きだから、ロンドンでは欠かしたことがなかった。中でもこのパッケージは私が一番好きだったチョコレートメーカーのもの。そして懐かしい、バターがたっぷり入ったロンドンのショートブレッド。

私の好きなものばかりだ……。

「今まで大変だっただろう?」

　ポツリと彼が言った。

「友達がいろいろ助けてくれたんです」

「以前勤めていた会社の同僚？」

　どうして知ってるの？という疑問が顔に出ていたらしい。

「ごめん。実は警備会社の役員をしている友人に頼んで、君の居場所は突き止めていたんだ」

　まさか真倫の存在も知っていたのかとハッとしたが、それは違ったようだ。彼の友人は私の安全を報告しただけで、真倫の存在には触れなかったらしい。

「俺が直接知るべきだと思ったそうだ」

「そうだったんですね」

　私の実家の話にもなった。

　勘当されてもなお、離婚については有耶無耶にした両家の親について、彼は苦笑しながら「今回ばかりはありがたかった」と言った。

「理由はどうあれ、普通なら一年間このままではいられなかっただろうからな。俺はどうしてもロンドンを離れられなかった。桜井家に離婚を迫られたら一旦は受け入れるしかなかったと思う。それでも、もちろん君を捜したが」

なぜ？　どうして私を捜すの？

戸惑う私に彼は真剣な表情で身を乗り出す。

「香乃子。君を捜して、もう一度、君にプロポーズするつもりだった」

真司さん……それは本当なの？

私が好きなチョコレート、私のために、私と真倫のために、こんな素敵なマンションを用意してくれたの？

もうこれきりにしようと勇んでいたはずなのに……。心が揺れてどうしていいかわからない。

「香乃子、俺は君が好きだ」

ハッとして顔を上げると、まっすぐに見つめられて息を呑む。

「今すぐに答えを出さなくていい。ここで一緒に暮らすことを考えてくれないか？」

その言葉を、信じていいのかな……。

「頼む、香乃子」

懇願するような彼の声が心に迫ってくる。

涙が込み上げてきて声が出せず、こくりと頷いた。

うまく微笑むつもりが歪んでしまう。唇を噛んで押し寄せる感情の波にぐっと耐えた。ここで泣いちゃいけない。

「さあ、食べて。ロンドンでたくさん買ってきたんだ。俺はアルコールたっぷりのワインにしようかな」

真司さんが立ち上がった隙に、そっと涙を拭う。

落ち着いて、と自分に言い聞かせた。流されないでもう一度よく考えてみなければ。


明くる朝、朝食を食べた後に、アパートに帰ると告げた。

ひとりになって頭を冷やしたい。ここは誘惑が多すぎて流されてしまいそうだから。

「あ……そうか」

一瞬で彼の表情が陰る。申し訳なさに居たたまれなくなり「よく考えてみます」と言葉を添えた。

「ひと晩のつもりで来ましたし」

「わかった。じゃあ送るよ」

「えっ、いえ大丈夫です」

「犯人が捕まったかどうかもわからないのに、とてもふたりだけでは行かせられない」

ウッと言葉に詰まる。

「天気もいいし、散策がてら歩いていかないか？　途中に公園もあって休憩もできる。歩けば意外と近いんだ。行ってみよう」

今日は土曜日。仕事は休みだという彼を断るのも悪い気がして結局一緒に行くことにした。

それに彼はもっと真倫と一緒にいたいようだ。

朝食の間も『美味しいか？』『もう少し食べるか？』と、ずっと話しかけていた。

「真司さん、真倫を抱いて歩きますか？　これで」

ベビースリングを見せると、途端に真司さんの表情が明るくなり、思わず笑った。

彼の手から荷物を受け取りベビーカーに載せて、早速ベビースリングの紐を調整して真倫を抱かせる。

真倫はすっかり真司さんに懐いたようで「ばぶー」と、ご満悦だ。真倫の小さな手には、彼に貰ったピンクのうさぎのぬいぐるみ。早くもお気に入りなったようで、それを見る彼も満足そうに笑っている。

夕べは広いベッドで、真倫を真ん中にして三人で寝た。振り向くとどうしても真司さんが目に入り落ち着かなかったけれど、かつてないほど心に安心感が広がる気がした。久しぶりにぐっすりと眠ることができたのは、その安心感のおかげだろう。

誠実な彼が、嘘をつくとは思えない。

彼の話の中に李花さんの影は見当たらなかったけれど……。

つらつら昨夜の会話を思い出しながら歩いていると、真司さんが「実はな」と、振り向いた。

「おととい、君が働く店にも行ってみたんだ」

ハッとした。真司さんがキ喜に？

「ひとりだったからカウンターに座って。君の料理を食べて、女将さんのおすすめの酒を飲んで。楽しかったよ。君との関係は言わなかった。気を遣わせてしまうと思ってね」

「そうだったんですか……」

喜代子さんは明るくて気さくな人だ。お客様とのおしゃべりが気晴らしになると言っていたから、きっと話は弾んだに違いない。

どんな店か心配で見に行ったのかな。

「そこの公園で少し休もうか。ちょうど桜も綺麗だし」

「ええ」と頷いて、あっと驚いた。そこは昨日、リエちゃんと花見をした公園である。

昨夜はタクシーがどう走っているのか気にする余裕もなかったが、あらためて見回すとよく知っている場所だった。

アパートまで余裕で歩いていける距離。まさかこんなに近かったとは。

真司さんはいつの間にか用意していたシートを敷き、その上に胡坐をかいて真倫を膝の上に下ろす。もうすっかり手つきが慣れている。

微笑ましいその姿に私の心は複雑に揺れた。

気を紛らわそうと周りを見れば、人影はまばらだった。時刻は十時少し前、花見をするにはまだ早い時間だ。

「こうして桜を見ると日本に帰ってきたんだなって実感するよ」

ロンドンでもこの時期に桜は咲く。ピンク色が強い現地の桜が定番で、寒いせいか東京よりも長く楽しめる。

「ロンドンのパークにも、ソメイヨシノがありましたね」

「ああ、ソメイヨシノを見ると日本が懐かしくて仕方がなかった」

去年のこの時期、私はすでに東京にいた。桜を見上げながら真司さんもロンドンで見ているかな、と思っていた。

真司さんは懐かしそうに桜を見上げている。

あなたは？　なにを思いながらロンドンの桜を見ていたの？

心でそっと聞きながら彼の横顔を見ていると、不意に彼が振り返った。

「今年は君と花見ができてよかった」

にっこりと微笑まれて動揺し、慌てて視線を真倫に移す。胸のドキドキが止まらない。

なにもわからない真倫は、真司さんが買ってくれた小さなぬいぐるみをブンブン振り回して遊んでいる。

聞いてみようか？

李花さんとの関係を。

私は李花さんからの話しか聞いていない。一度くらい彼の話も聞いてみようか……。

「真司さん」

「ん？」

「私たちは――もともと一年間という約束で結婚しましたよね？」

彼の膝の上から真倫を抱き上げ、思い切って聞いてみた。

「香乃子。誤解のないように何度でも言うが、俺は君と結婚したいがために一年と言ったんだ」

それは聞いたが、前提として李花さんと再婚する未来があるからなのよね？

「えっと……」

どう切り出したらいいか考えていると、真司さんはとても真剣な目をして私のほうに向き直る。

「言っただろう？　一年とでも言わないと、君は結婚してくれないと思ったからだ」

じゃあ、本当に私と結婚したいがためにつけた条件なの？

「私と、期限は関係なく、結婚したかった？」

真司さんは「そうだ」と頷く。

「見合いの席で、君となら暮らしていけると思ったんだ。気になって、君の家に会いに行き、君が頑張ってきた過去を目にして胸を打たれた。――そう、君しかいないと思った」

驚いて聞いていると、不意に彼は左右に首を振って笑った。

「白状しよう、そうさ俺はあの日、君に恋をしたんだ。理由なんてつけようがない」

そんな、嘘でしょう？

「な、なにを言い出すんですか」

「だってそうとしか言えない。ハッとしたんだよ、ここが」

困ったように微笑む彼は自分の胸に手をあてる。

「ばぶばぶー」

突然私の膝の上の真倫が、手足をバタバタさせた。

「そうか、真倫も応援してくれるんだな」

あははと笑いながら真司さんが手を伸ばして、真倫を高く抱き上げる。真倫はキャッキャッと笑い出した。

恋？　真司さんが私に……恋？

とても信じられない。そう思うのに胸は高鳴るばかりで息まで苦しくなりそうだ。

「香乃子、あとはなに？　なんでも聞いて」

聞いてみよう。李花さんのことを。

勇気を胸に「あの」と言いかけたとき、スマートフォンが音を立てた。

ハッとして画面を見ると、アパートの大家さんからである。

「ちょっと、出てみますね」

断って電話に出て、唖然とした。

「えっ……鍵穴が？」

わかりましたと答えて電話を切る。

「どうかした？」

「アパートの鍵穴がおかしいそうなんです」


急ぎ公園を出てアパートに向かうと、アパートの隣の部屋の住人が、大家さんと不安そうに外で立ち話をしている。

聞けば泥棒に入られた二階の住人が、実は傷害事件で訴えられていた人物だとわかり、再び警察が来たという。

そして、私の部屋の鍵穴は、ひと目でわかるほどめちゃめちゃに壊されていた。

真司さんに見守られながら慎重に鍵を開けると、どうやら鍵は掛かったままだったようで、ほんの少しだけホッとした。

「香乃子、このまま俺の家に帰ろう」

真司さんが深刻な表情で私を見つめる。

わずかに残っていた踏ん張りも、鍵穴がダメ押しになって崩れ落ちた。

「大事な荷物だけ持って行こう。あとは俺が業者に頼むから。大丈夫、心配ない」

労るように肩を抱かれるまで、震えていたと思う。

ここに彼がいてくれて本当によかったと感謝しながら、私はゆっくりと頷いた。

＊＊＊

とりあえず身の回りの荷物をまとめタクシーでマンションに帰り、ワゴンタクシーを調達して残りの荷物を運んだ。

その間、香乃子はずっと緊張した様子を見せていたが、あらかた荷物が運び終わるとようやくホッとしたようだった。

「大丈夫か？」

「あ、はい」

ハッとしたように微笑むが、その笑みは取り繕ったように歪んでいる。

怖かったのだろう。あの鍵穴を見ればそれも当然だ。明らかにこじ開けようとした痕跡があったのだから。

「後のことは弁護士に頼んでおくよ。もう心配ない。ここはコンシェルジュもいるから安心して。なにより俺がいる」

右腕を掲げるようにして上腕二頭筋を叩くと、香乃子はつられたように笑った。

「ヒーローですね」

「ああ。任せてくれ。日々鍛えているからな」

あははと笑い合ってホッとする。少しは彼女の不安な気持ちも安らいだか。

「気づいたと思うが、ここからキ喜へも歩いて行けるから」

アパートから歩いたときよりも二分ほど距離が近い。実際に歩いてみたが危険箇所もなく、安心してベビーカーを押せるだろう。

「——いろいろ、すみません」

「頼むから気にしないでほしい。俺たちは家族なんだぞ？　これからひとつひとつ話し合っていこう」

香乃子はうつむいたまま頷いた。

『私たちは——もともと一年間という約束で結婚しましたよね？』

やっぱり香乃子は一年の約束というところを一番気にしていた。東京で再会した日、しっかりと伝えたつもりでいたが、まだ足りなかったようだ。

俺の落ち度だ……。

一日遅れのクリスマスの夜、俺たちは愛を確かめ合った。

どうアプローチしたらいいかと戸惑っていた俺の背中を押したのは彼女だった。後になって気づいたが、香乃子にしては大胆すぎる発言だ。表情は真剣で悲痛にさえ見えたのではなかったか。

俺はうれしさのあまり、多くを見逃していた。

恐らく彼女は、あのときから別れを念頭に置いていたんだ。

俺から告白していればきっと違ったはず。別れる気はない。一年後もその先もずっと一緒にいようと伝えてから、彼女を抱いてさえいれば……。

今そんなことを言っても仕方がないとわかっているが、悔やまれてならなかった。

とにかく彼女の中でなにかが引っ掛かっている。それがなんなのか、一日も早く見つけ出そう。後悔は後回しだ。

遅めの昼食は宅配に頼った。

香乃子はなにか作ると言っていたが、今はゆっくりしようと俺が宅配を勧めた。

気持ちは落ち着いたようだが、顔色はまだよくない。ベビーベッドの真倫を見つめる彼女の横顔には陰がある。時刻は午後の三時半。朝から出かけていろいろあったのだ。疲れていて当然である。

香乃子の隣に行き真倫の様子を見ると、すやすやと夢の中にいるようだった。

「君も少し休んだらどうだ？　疲れただろう？　真倫なら大丈夫だ。ちょっと調べ物もあるし俺が真倫を見ているから」

少し迷ったようだったが、それでも彼女は頷いた。

「じゃあ、すみません。ちょっとだけ」

「ああ、休んで」

香乃子が自分の部屋に行くと、俺は弁護士に連絡をしてアパートの鍵や解約の件の交渉を管理会社に頼んだ。

次は母か……。母は真倫の存在をまだ知らない。

実はもう七カ月になる赤ん坊がいるとなれば大騒ぎになるのは目に見えている。間違っても香乃子が責められることがないようにしなければ。

あれこれと考えて、まずは桜井の義母に電話をかけた。

【待っていたのよ、真司さん。その後どうなったの？】

「すみません。実は――」

アパートで起きた一連の経緯をざっと報告すると、義母は絶句していた。

【ああもう本当に……。真司さん、あの子をどうかよろしく頼みます】

迷ったが思い切って聞いてみた。

「あの、お義父さんは」

【大丈夫よ。まだなにも知らないわ。元気で過ごしているとだけ報告してあるから】

ホッと胸を撫で下ろした。

あとひと月後に衆議院選挙がある。万が一にも香乃子が子どもを授かりながらも離婚となれば、桜井の義父は黙ってはいないと、義母から警告されていた。

ここでまた家の話が絡んでくると、ますますややこしくなってくる。

ともかく、やっと掴んだ新しい暮らしだ。今度こそ、この幸せは俺が守り切る。

幸せを掴むために

スーツ姿の真司さんは、真倫の小さな手に自分の指を掴ませて揺らし、名残惜しそうに離す。

「真倫、いい子でな」

「じゃあ、いってきます」

「いってらっしゃい」

ここで暮らし始めて一週間が経った。

正直今はホッとしている。この安心感はセキュリティーがしっかりしたマンションだからと言うよりも、彼がいるからだ。

それがわかるだけに心は複雑である。

「さあ、真倫、ちょっと遊んでいてね」

洗濯と掃除を済ませてキ喜に行く準備をしなければ。

というのも、喜代子さんのご主人が復帰してきたが、本調子になるまでの仮営業ということで、今日からランチタイムの営業を私が始めるからだ。

『昼間の二時間の接客なら私が手伝うわ。その代わり夜は良武が頑張るって言ってくれたから』と、喜代子さんが申し出てくれたのである。

住所の変更もあるので、喜代子さんには正直に事情を話した。

『焦らないでゆっくり話し合えばいいんじゃない？　ランチタイムの営業は気晴らしだと思ってやってみたら？　いつ辞めることになっても、うちのほうは問題ないし』

真司さんも賛成してくれた。

家事はハウスキーパーを頼めばいいと言ってくれたが、必要性は感じない。朝は彼が真倫を見てくれて、夜も帰って来てから真倫の相手をしてくれるので、アパートでふたり暮らしをしていたときよりは随分楽になった。

ランチの仕込みも以前より簡単だ。メインメニューは三種類と決めたし、そのうちのひとつは薬膳キーマカレー。消化を助けるターメリックやクミン。抗酸化作用があるカルダモンなどスパイスを使い、昨日残った食材で作るカレーには、その食材の効能を看板に書く。

今日考えてあるメインメニューはサーモンのクリームコロッケと、鶏の唐揚げ。副菜をいくつかと魚のアラの味噌汁。一時間半もあれば十分準備できるから十時に行けばいい。

家事を終えて、ベビーカーを押しながらキ喜に向かう。

真倫は相変わらず真司さんにもらった小さなぬいぐるみを離さない。

「ねえ真倫、パパが好き?」

パパは真倫がかわいくて仕方がないみたいだよ。

ぬいぐるみをしっかりと掴んでいるモミジのような小さな手。きゃっきゃと笑う笑顔が、もちろん好きだよと言っているようで、切なくなる。

もう、心を決めようか……。

いつまでも有耶無耶なまま真司さんを振り回してはいけない。優しい彼は、私から言うのを待ってくれているけれど、甘えたままでは不誠実だ。

『香乃子、俺は君が好きだ』

そう言ってくれた彼を信じたい。

私も真司さんが好き。——大好き。

もう一度勇気を出してみようか。

ロンドンでの一夜、あの一日遅れのクリスマスのように……。

この想いのまま正直に、自分のためにも真倫のためにも、幸せな未来を掴みに行こう。

決意を胸に母に電話をかけ、仕事が終わってから会う約束をした。

独りよがりにならないようまずは母に相談し、慎重にひとつずつ疑念を晴らしていくつもりだ。

「真倫、着いたよー」

幸いランチタイムはオープンから順調だった。

私が厨房に立ち、喜代子さんが配膳と会計をする。メニューもシンプルなので手間取らずに済んだし、会計が楽なように料金はすべて千円に決めたのもあってサクサクと進んだ。

毎日ランチに千円出すのはキツいかもしれないが、野菜の和え物など小鉢がいくつかつき、決して高くはない料金設定なので、ビジネスマンの男性は皆満足そうに帰っていく。

三日目にして、早くも数人ながら常連客ができた。

おかげで今日も盛況である。

ホッとしながら片付けを済ませた。さあ、帰ろう。

「お疲れ様でした」

「はーい。お疲れ。真倫ちゃん、また明日ね」

喜代子さんはこのまま夜の仕込みに来るご主人を待つ。店の鍵を一旦閉めて座敷のコーナーで仮眠をとったりテレビを見たりして過ごすようだ。

私は真倫を連れて、これから母と会う。

待ち合わせのファミレスに行くとすでに母はいて、明るく手を振っていた。

「まりーん。ばあばが色々買ってきたわよー」

母は大きな紙袋を横に置き、ベビー服やおもちゃを真倫に見せる。

「お母さん、そんなに持てないって」

とはいえ孫はかわいいのだろう。無下にもできず苦笑するに留めた。

「それで、真司さんとはどうなったの？」

「うん……色々あって、今は真司さんのマンションにいるの」

意を決して話を切り出す。

「お母さん、一ノ関李花さんって知ってる？　華道の家元のお嬢さん」

「ええ知ってるわ。お母様とは何度かゴルフとかパーティーでお話ししているし」

「その李花さんに言われたの。本当は、彼は李花さんと結婚するはずで、私は一時的な妻だって」

驚いたように目を見開き、表情を歪める母を宥めるために続けた。

「私と彼は一年の約束だったって言ったでしょ？　だからロンドンで彼女にそう言われたとき納得してしまったの。でも今は疑問に思ってる。真司さんはもしかしたら、なにも知らないんじゃないかって」

「李花さんが勝手にそう思い込んでいるってこと？」

こくりと頷いた。

「本当のことはわからないけど、真司さんがお見合いのときに言った一年という期限は、言葉のあやだって言うの。私は真司さんが嘘を言ってるとは思えなくて……」

そうであって欲しいという思いが判断力を鈍らせているかもしれない。

でも私は彼を信じたかった。

「李花さんのお母様は、外務省とも強い繋がりがあるの。もし李花さんが一方的にそう思っていたとしてもそう簡単にあきらめるとは思えない。私はそれが怖いの」

母は深刻そうに時折眉をひそめて考え込みながら私の話を聞き、ゆっくりと口を開いた。

「確かに一ノ関の奥様の影響力は大きいわね」

習い事が廃れ始めている今でも門下生は数十万人はいるといわれている。海外でも展開しているので、それらを含めれば巨大組織だ。李花さんの母親はその頂点に君臨しているのだ。

彼女が神宮寺家をどう思っているのか、真司さんをどう見ているのか無視はできない。

神宮司のお義母さまと李花さんが母娘のように親しい話もした。神宮司家は私よりも梨花さんとの縁を大切にしたいのではないかと。

「香乃子、それはありえないわ」

「えっ？　どうして」

「そんな失礼なことをするはずがないでしょう？　だったら最初から一ノ関さんと縁談を進めるはずだもの」

母はにっこりと微笑む。

母の即答に目から鱗が落ちた気がした。そうか。考えてみれば単純な話なのだ。

「それで、李花さんの話は真司さんにしたの？」

「まだしてない。言おうとは思ってるんだけど」

「そうね。まず真司さんにすべてを打ち明けて、それからまた考えましょう？」

「でもお母さん。いいのかな？　私が揉め事の原因を作ってしまって。私さえ身を引けばなにもかもうまくいくと思えて……」

だから一歩が踏み出せなかったのだ。

母は首を横に振る。

「気にしなくていいの。いいのよ。小さい頃から、香乃子はずっとそうだったわね。お父さんや周りの顔色を読んであきらめていた」

母は悲しそうに笑う。

「抵抗しても聞くお父さんじゃない。だから私も香乃子の気持ちをわかっていながら、なにもしてあげられなかった……。ごめんね、香乃子」

母は気づいていたのか。

うつむいて唇を噛む。私が通う女子校を指定したのも父。通学には運転手をつけて、私の友人関係にさえ口出しをした。就職先を桜井グループにしたのもすべて父だ。

私は地元の学校に通って近所の子どもたちと遊びたかったたし、アルバイトもしてみたかった。

『あなた、もう少し香乃子を――』

『お前は黙ってろ！』

そうだ。子どもの頃、母が父に言ってくれたこともあった……。母はなにもしてくれなかったわけじゃない。

「でも香乃子はどこに行っても、ちゃんと自分の居場所を作っていたわね。真司さんとのお見合いもそう。香乃子、あなたは真司さんにとって大切な人になっているのよ」

「お母さん？」

「もういいのよ？　我慢はしなくて大丈夫。あなたが信じたままに進みなさい」


結局母の車でマンションまで送ってもらい、荷物を置いて母は上がらずに帰った。

「真倫、お着替えしようか」

まずは真倫を着替えさせ、リビングのベビーベッドに横たえると、ファミレスで離乳食を食べてお腹もいっぱいなのか、すぐに寝てしまった。

牛乳を温めてカフェオレを作り、ダイニングの椅子に腰を下ろす。

両手でマグカップを包み込み、ふぅーと息を吐いて考えた。

真司さんに李花さんとのことを、どんなふうに伝えよう。

あれきり李花さんとは会っていない。

最後に会ったのは去年のお正月。神宮寺家で新年の挨拶をした。話をしたのはロンドンのヒースロー空港で彼女を見送ったときが最後だ。

そういえば、今年のお正月は、真司さんは帰国しなかったと言っていた。

『真司さんがね、買ってくれたの。約束の指輪』

そう言って彼女に見せられたハートのダイヤモンドの指輪が、まざまざと思い起こされる。去年のお正月に話を進めると彼女は言っていたが。

あの話は作り話？

お正月にお義母さまと李花さんの仲睦まじい姿を目にして思わず逃げだしてしまったけれど、よく考えると具体的な話をしていたわけではなかった。

『これから、おかあさまと呼ばせてくださいね』

『あら、うれしいわー』

深い意味はない？

考え込んでいると、スマートフォンが音を立てた。

見れば真司さんからのメッセージで、ナオミさんの来日を告げる報告だった。

【家に招いてもいいか？】

私もナオミさんに会いたい。【もちろんです】と返信する。ロンドンに帰らなかったことに対して聞かれるかもしれないが、それはそれだ。ナオミさんは無理に聞き出そうとするような人じゃない。

今晩来るというので、料理の準備をしなければ。真司さんのメッセージには出前の寿司で十分だとあるが、それだけというわけにはいかない。和食が好きな彼女のために煮物と酢の物に汁物を作ろう。

私は料理が好きだ。料理をしている時間は、嫌なこともも面倒なこともすべて忘れられる。

というわけで、真司さんがナオミさんと彼女の夫を連れて来るまでは夢中で料理をした。ナオミさんが好きな筑前煮にワカメとキュウリの酢の物。冷凍してあるシラス干しも酢の物に入れて――。

あっという間に時間は過ぎ、真司さんがナオミさん夫婦を連れてきた。

「香乃子。会いたかったわ」

「私も会いたかったです、ナオミさん」

ハグをして再会を喜び合う。

「まあー、なんてかわいいの！」

ベビーベッドを見つけて駆け寄った彼女は、真倫に驚いた。

「もう、香乃子ったら出産で帰国していたのね」

あれ？　そういうわけじゃないが、真司さんとアイコンタクトで話を合わせた。

「やっぱり向こうでは不安で」

それは嘘じゃない。

「当然よ。安心して出産するほうがいいもの。真司さんたら、もうー、なにも言ってくれないから」

「サプライズだよ」と、彼がおどけた。

早速料理と日本酒を楽しんでもらい、リビングで真司さんとナオミさんのご主人のふたりで話が盛り上がっていると、ナオミさんがコソコソと私をダイニングテーブルのほうに引っ張った。

「香乃子がいない間に、変な女が来たのよ。もちろん真司さんは浮気なんかしない人だから心配はないけど」

長い黒髪の気取った美人だと聞いて、ああやっぱりと思う。

「なにがあったんですか？」

ナオミさんによると、年末年始の大使館の休みに合わせて彼女はロンドンに現れた。

だが真司さんは仕事があり大使館にいたそうだ。すると彼女は大使館に押し掛けてきて〝私ひとりじゃ不安なんです〟〝真司さん一緒にいてください〟と泣き出したという。

彼は毅然とした態度で彼女を叱責したそうだ。

「警備員から聞いたのよ。真司さんは『あなたを中心に世界が回っているわけじゃありません』ってビシッと言い切ったんだって」

「それでどうなったんですか？」

「知り合いの旅行コンダクターに連絡して、彼女を引き渡したそうよ」

真司さんは、彼女を拒絶したのね？

「そのとき真司さんは旅行先で事故にあった邦人の対応にあたっていたの。それを言っても納得しない彼女にほとほと呆れていたわ」

「そうなんですか、そんなことが……」

「香乃子はその女性に心当たりある？」

風貌とわがままぶりで浮かぶのは彼女しかいない。李花さんだ。

「彼女のお母様が、華道の家元をしているんです。外務省と繋がりのある方で」

「なるほどね。だから強引にもできるってわけだ」

ちらりと真司さんを見ると彼は真倫を膝の上に抱いて、あやしながらナオミさんのご主人と話をしている。

今の話だけで十分だと思った。

李花さんと真司さん。どちらを信じるかと言えば、私は真司さんだ。

もう迷わない。私は彼を信じる。

ナオミさんたちは帰り、真倫をベッドに寝かせた後、私たちは久しぶりにふたりきりでワインを傾けた。今夜は私もアルコールが入ったワインをグラスに注いでもらう。明日は土曜日で、真司さんの休日出勤もない。

「真司さん、私の疑問を含めて、すべてお話しますね」

頷く彼に私は記憶にある限りの話をした。

ロンドンで李花さんから〝あなたは一時的な妻〟だと言われたことや、彼女が真司さんから約束のしるしにプレゼントされたと指輪を見せられたこと。去年のお正月に両家で結婚の話を進めると言われたことも。

「だからお見合いの席で一年の約束って言ってたのねって、納得してしまったの。真司さんのお母さまとも親しそうだし、あんなふうに堂々と嘘をつく人がいるとは思わなかったから」

時折質問しつつ、真剣な表情で私の話を聞いていた真司さんは、大きなショックを受けたようだった。

深く息を吐き、沈痛な面持ちで頭を振った後「彼女の話は全部嘘だ」と言った。

「指輪は彼女が自分で買っていた。記念になにか買ってほしいとせがまれて、俺はショートブレッドを買って渡した。後に残るものは渡したくなくてね」

「そうだったんですね」

ナオミさんの話を聞いた後ということもあってか、容易に想像できた。

「去年の二月李花さんがロンドンに来た。そのときに言われたんだ。君から実は一年間の契約結婚だと告白され〝自分がいなくなったあとのことは頼む〟と言われたと」

「えっ……私が？」

彼女は私と真司さん両方に作り話をしていたの？

「君にはほかに好きな人がいるようだと言われて――すまない惑わされて、君を捜すのが遅れてしまった」

「あ、いえ……あの、でも私は」

「わかってる。一日遅れのクリスマスを思えば、そんなことはありえないからな。なのに、俺はバカだ。君のこととなると呆れるくらい冷静を欠いてしまう」

苦笑しながら真司さんはため息を吐いた。

私の知らないところで、彼もまた李花さんに惑わされていたのね……。

それでも私を信じて、粘り強く迎えに来てくれた。なによりもその事実がうれしい。

「母は誤解していたんだ。俺が君と結婚したいばかりに一年でいいと口走った話を勘違いしていた。一年という言葉だけを記憶して、まさか他人にまで言っていたとは――」

真司さんは頭を抱える。

「混乱の原因は俺にあるんだ。俺が一年と言ったばかりに、こうなってしまったんだから……」

慌てて彼の肩に手をかけた。そうじゃない。

「真司さん大丈夫ですよ？　あのとき私は、戸惑いが先に立っていたから、一年と言われてとても気が楽になったんです。真司さんに外交官夫人という職業だと思ったらいいと言ってもらえたから、なるほどとイメージできて頑張れたんです。だから……」

私は精一杯の笑顔を彼に向けた。

「真司さん、私は感謝しているんですよ？」

「香乃子……」

真司さんが顔を上げた。

「一年の約束のはずだったのに。私、いつの間にか真司さんを――」

ハッとしたように、真司さんが私に向き直る。

「ちょっと待って」

「えっ？」

「今度こそ先に言わせてくれ。香乃子、俺は君が好きだ。一年と言ってしまった手前、君に触れてはいけないような気がして」

　真司さん……。

「俺はずっと、君が欲しくて仕方がなかった」

そんな……そんなふうに思っていてくれたの？

「私は、契約妻だからだとばかり」

　ギュッと抱きしめられた。

「俺はずっと好きだった。はっきりと気持ちに気づいたのは結婚してからだが、結婚前に君の部屋に入ったときにはもう、君しかいないと思ったんだ」

　体を離した彼の長い指が、私の両頬を包み込む。

「でも私でいいんですか？　私には李花さんのような華はないから」

「なにを言うんだ。君は俺の目には眩しいくらい輝いているぞ？　君しかいないんだ、香乃子ー」

　瞼を閉じると、涙が頬を伝う。

親指で涙を拭ってくれる彼に、遅くなった告白をする。

「真司さん、真倫はあなたの子なんです」

ようやく言えてホッとする。とっくに気づいていたとは思うけれど、ちゃんと自分の口から伝えたかったから。

「真倫の真の字は、真司さんからもらったの」

真司さんはハッとしたように目を剥いて破顔した。

「だよな？　そうだと思っていたんだが、そうか、やっぱりそうか！　ありがとう香乃子。ありがとうな」

彼は何度もありがとうと繰り返した。

「大変だっただろう、今まで。本当に」

本当はいいえと首を振るべきだとわかっている。

でも今はこの瞬間だけは正直でありたい。

「寂しかったです。真司さんがいなくて、悲しくて……私――会いたかった」

「ああ、ごめん。ごめんな香乃子」

強く抱きしめられて彼の胸もとに顔を埋めると、胸が熱い想いでいっぱいになった。

真司さんの温もり、匂い、この感触。すべてが私を幸せにする。

彼の背中に回した手の指に力を入れた。

幸せを掴むとはこんな感じを言うのだろうか。安心感が広がって、不安や悲しみが霧のように消えていく。毎日がただ必死で、明日なんて考えられなかったはずが、明るい光に照らされたように前に向ける。

「好き——真司さん、あなたが好きよ」

想いのまま呟くように言うと、彼は体を離してチュッと軽くキスをした。

「愛してる、香乃子」

ゆっくりと顔が近づいてきて、再び唇が重なってくる。

今度はまるで感触を味わうようなキス。

「香乃子、俺が欲しいのは君なんだ。君しかいないんだ」

耳もとで囁かれて、また頬を涙が伝う。

「ごめんな、ややこしいことにしてしまって」

「いいえ」

ふるふると首を振る。

「気づいたか？　俺、君がいなくなってだいぶ痩せたんだ」

「えっ？　何キロですか？」

気づかなかった。

「一キロ」

そ、それだけ？

「大変だろ？」

プッと吹き出して、あははと笑った。

真司さんが私をギュッと抱きしめた。

「ようやく笑ったな」

「その笑顔を守るためなら、俺はなんだってするぞ」

真司さん。

彼は私の涙を指先で拭い、にっこりと微笑む。

「香乃子、愛してる」

リビングのソファーは、ベッドのように広い。

キスをしながらもつれ合うように横たえられて、何度も名前を呼ばれながらその声に夢中になっていく。

「もう二度と君を離さない」

両頬を包みこむようにして、そう言った彼の瞳に、私が見えた。

「私も、もう離れません」

彼は不意に、くすっと笑った。

「もういい加減、敬語じゃなくてもいいと思うぞ？」

「えっ、でも」

「〝真司さん〟じゃなくて、真司でいい。さあ、言ってみて」

いきなり高いハードルに、頬が熱くなる。

唇にまたひとつキスを落とした彼は「さあ」と促しながら、今度は私の耳にキスをする。

「香乃子、言って」

堪らず「し、真司」と言った。でも、その声は妙な具合に浮ついてしまう。

彼の手がパジャマの中に伸びてきたからだ。

「あっ……」

遠く、忘れていた感覚が体の奥から、熱を伴って沸き起こっている。

「香乃子、ありがとう。俺を信じてくれて」

「私、こそ……。ちゃんと言えばよかったのに……」

手の動きを止めてくれれば、ちゃんと返事ができるのに、彼の手は私の胸を包みこみ、指で先端を弄ぶ。

「あっ……さ、捜して」

「ん？」

「捜してくれて、……ありが、とう」

ようやく言えたと思った途端、露わになった私の胸に彼は顔を埋めた。右手は下へと伸びていき、もっと言いたいことがあるのに、またおかしな声になるのが怖くて、私は唇を噛んだ。

「どこまでだって捜すさ、俺には君しかいないんだ」

まるで後悔した分を取り戻すかのように、彼は何度も何度も、私に愛を囁いた。

「愛してる、――愛してる」

込み上げる熱に翻弄されながら思う――。

真司さん、私を選んでくれて、ありがとう。

本当にありがとう。

愛してる。

剥がれ落ちた嘘

「また来ます」

「ありがとうございます。お気をつけて」

本日最後のお客様、本郷さんの背中を見送り、懐かしいロンドンでの日々を思い出した。

本郷さんの来店は今日で二回目になる。おとといも、ランチタイムも終わりというときに最後の客として入ってきた。

『あっ』

『あなたは』

彼がお店に入ってくるなり、同時に声が出た。

『その節はお世話になり、ありがとうございました。いやあ、偶然で驚きました』

私がロンドンにいた頃、百貨店へ買い物に出かけたとき途方に暮れている彼と出会った。

通り過ぎざまに、スマートフォンを手にした彼が日本語で『置き引きにあったんですよ。どうしたらいいか』と話しているのに気づいた。自分と同じ年頃のスーツを着たビジネスマン。放ってはおけずに声をかけた。

本郷さんがポケットから差し出した名刺によれば、この近くの大手商社にお勤めらしい。そのときも仕事でロンドンに出張だったようだ。

『なにしろ大事な商談の資料だったので、あのときは本当に助かりました』

『私はセキュリティースタッフに声をかけただけですから。でもよかったですね』

防犯カメラをチェックし犯人の動きを追い、カバンの中身は書類と替えの衣類だけだったためか、無事に見つかって事なきを得たのである。

『あのときはお礼もできず、ずっと気になっていたんです。お会いできてよかった』

『お礼なんていいんですよ』

話を聞いていた喜代子さんが『それじゃ、ここに食べに来てくださいな』と笑いを誘い、彼はまたこうして来てくれたのだ。

ロンドンで繋いだ縁は、彼だけじゃない。ほんの数人だけれど、日本人の観光客を助けた。ある若い女性は男性にしつこく誘われていて、ある老夫婦は無料のガイドツアーと偽る詐欺師に捕まっていたり。

積極的に声をかけたのは、外交官の妻だという矜持があったからである。

つらつら思いながら、落ちていたゴミを拾い、のれんを片付ける。

視界に入った青空が眩しい。晴れ晴れとした空に目を細め、自ずと笑みが浮かぶ。

私はもう逃げない。

そう決めたら嘘みたいに心が軽くなった。真司さんを信じて、これからはふたりで相談しながらどんなことも乗り越えていく。

もっと早く話をしていればという後悔もあるけれど、振り返らずに前を向いていこうと思う。

決意を胸に店に戻ろうとしたとき——。

「真司さんに飽き足らず男漁り？」

聞き覚えのある声にハッとして振り返ると、李花さんがいた。

「おひさしぶり」

突然の登場に言葉を失っていると、彼女はツンと顎を上げて皮肉な笑みを浮かべる。

「すでに〝神宮寺とは関係ない〟とはいえもう新しい男だなんて、随分手が早いこと」

男云々はさておき、やけに確信めいた言い方が気になる。

「関係ないって、どういう意味ですか？」

「だってあなたもう離婚してるじゃない」

ハハッと口先で笑った彼女は、バッグから封筒を取り出す。それは区役所の封筒で、中から出した紙は、真司さんの戸籍謄本だ。

「ほら、もうあなたは除籍されていて真司さんの妻じゃないわ」

動揺はなかった。戸籍謄本に真倫の名前がなかったからだ。

彼女は真倫の存在を知らないのだろう。真倫の名前がない以上、これは偽物。あるいは真倫が生まれる前に取ったものかもしれない。発行年月日を見ようとして手を伸ばすと、彼女は取られまいと封筒の中に謄本をしまう。

「あなたみたいな冴えない女じゃなければ、私だってあきらめたわ。でも、あなた桜井家の名前のほかは英語ができるだけでなんの魅力もないじゃない。そこらへんの踏みつけられる草と同じよ。路傍の石ね。壁の花？」

甲高い声で、あははと笑われた。

路傍の石……そうかもしれない。私は李花さんのように華やかな花にはなれないから。でも——。

「李花さん、あなたがどう思おうと勝手ですが、私は真司さんと別れるつもりはありません」

「はあ？　この身ほど知らずが！」

逆上した李花さんが手を振り上げようとしたとき、店の戸が開いた。

「どうしたの？」

「あ、喜代子さん……」

ただならぬ気配を感じたのか、喜代子さんが私の肩を抱くと、彼女は忌々し気に私を睨み、くるりと踵(きびす)を返した。

「香乃子ちゃん、大丈夫？」

「はい。すみません」

喜代子さんが出てこなければ、彼女は私を殴っていた。

それに、あの謄本は間違いなく偽造である。一瞬だが今年の日付になっていた。

そこまでするなんて普通じゃない。自分の気持ちをはっきりと言えたのはよかったが、これで終わりだとは思えなかった。

ふと西の空に、厚い雲が広がっているのが見えた。

まるで何かを予感させるようで、心にまで暗雲が忍び寄る……。

＊　＊　＊

「じゃあ、いってきます」

「いってらっしゃい」

真倫の手を取って振る香乃子の笑顔は力なく見えた。

「大丈夫か？」

「はい」

それでも心配で、彼女を抱き寄せてキスをする。

純情な彼女はいつまでもキスにすら慣れなくて、恥ずかしそうに微笑んだ。

「じゃあ、今度こそ行くよ」

「ええ」

クスッと笑った笑顔にホッとして、俺はやっと玄関を出た。

香乃子の不安要素はやはり李花だった。

すぐにでも抗議したいが証拠がない。普通ではないのは間違いないが、偽の戸籍謄本まで用意していたとは。

仁に頼んで李花の身辺を調査してもらうことにした。

本当はしばらくキ喜を休んでほしいが、責任感の強い彼女は続けたいという。

ひとまず人目が多い道しか通らないよう注意はした。本当は警備員までつけたいが、それでは彼女が窮屈だろうと思って我慢している。

時間が許す限り、俺がキ喜に顔を出そう。

今日はちょうど出かけるついでがある。昼食に寄ろうと決め、何の気なしにスマートフォンでキ喜を調べた。

「えっ、なんだこれ」

情報サイトの書き込みには、聞き捨てならない言葉が並んでいる。

【若い美人が、なまめかしく接客してくるのがたまらない】

【あんなふうに色気たっぷりに言われたら通わずにはいられないよな】

ほかも似たり寄ったり。

これはいったいなんなんだ。

急ぎ用事を済ませた昼過ぎ、キ喜に向かった。

すると、休業の貼り紙がある。

迷ったが手をかけると引き戸は開いた。

「すみません、休業」

「真司さん」

香乃子が驚いたように立ち上がる。

喜代子さんに頭を下げて「香乃子の夫です」と、挨拶をする。

「ご挨拶が遅れてすみません」

「あらー、そうだったの。どうぞ、料理はあるから食べていってくださいな」

「ありがとうございます」

挨拶も早々に、情報サイトの話をした。

「もしかしてあれが原因ですか？」

「そうなのよ。変な男が来るようになって、ちょうどおとといあたりからかな」

「すみません」

香乃子が申し訳なさそうに謝ると、喜代子さんが「香乃子ちゃんは悪くないわよ」と慰める。

「夜はうちの旦那や息子がいるからいいんだけど、ちょっと心配なんでね、今日も開店早々怪しげな男が店の前にいたから貼り紙をしたの」

「そうでしたか」

出された定食は、サバの味噌煮とインゲンの胡麻和えに肉豆腐。生野菜もついていて、もちろんどれも美味しい。

「よかったね香乃子ちゃん。ひとりでも食べてもらえて」

「彼女の料理はどれも美味しいですから」

喜代子さんが「あら、ごちそうさま」と笑い、香乃子は恥ずかしそうにうつむく。

「この料理は無駄になるんですか?」

心配になって聞いてみた。

「いいえ、無駄にはしないわよ。夜の部に回すから。近くの子ども食堂にも持っていこうと思ってるし」

「子ども食堂? なるほど」

「喜んでくれるのよ。香乃子ちゃんの料理は美味しいから」

「それならよかったです」

情報サイトには事情を話して対策してもらうとして、今後しばらくは昼の営業は休もうかと話をしていたところだという。

香乃子は残念だろうが、俺は心配が先に立ち、そうしてほしいとお願いした。

タクシーを呼び、香乃子を連れてマンション経由で送ることにした。喜代子さんも心配だからそうしてと勧めてくれた。

「大丈夫か?」

「はい。それより、すみません……」

「なにを言ってるんだ。心配くらいさせてくれよ、夫なんだぞ？　君の」

言い方がおかしかったのか、香乃子がクスッと笑う。

「そうですね、真司さんは優しい旦那さまです」

ギュッと彼女の肩を抱く。

そうだ。君は俺の愛する妻だ。俺が守る――必ず。

「香乃子、敬語になってるぞ？」

つとめて明るく言ってみた。

「あ……ででも、呼び方だけは、真司さんでいいでしょう？」

香乃子は頬を赤らめて困ったように眉尻を下げる。

純情な俺の妻は、なにが恥ずかしいのか真司と呼び捨てにはできないようだ。

「ああ、わかった。かわいい妻のお願いに免じて許してあげよう」

「ありがとう、真司さん」

くすくすと笑う香乃子を再び強く抱き寄せる。

「なるべく早く帰るから」

「はい。待ってる」

頷く香乃子がベビーカーと一緒にマンションの中に消えるのを見届けて、再びタクシーに乗る。

絶対にこのままにはさせない。今日こそ決着をつける。

ひとまずすぐに李花に電話を掛けた。

帰国後、彼女からしつこいぐらい電話があった。無視していたが、李花はすぐにでた。

【あら、真司さん】

「今晩会えますか？」

【ええ、もちろんよ】

場所と時間を告げて電話を切った。

いったいどういうつもりなのか。

念のため時間休は取ってある。李花と決着をつけるためにもまずは実家に向かった。

家同士のこともあるし、母にもう一度よく話を聞いておいたほうがいい。

急な訪問に母は驚いていたが、相変わらずのほほんとしてお茶を勧めてきた。

「母さん、梨花さんのことだけど」

「そうそう！　梨花さんといえば昨日ね――」

母の話によれば、華道の集まりで李花に会ったそうだ。

俺が香乃子と離婚するつもりはないと言っていると告げると、彼女は香乃子を〝男をたぶらかす悪女だ〟と言いだしたらしい。

「なんだって」

「酷いでしょ？　さすがに私も言ったのよ。〝香乃子さんとは数回しか会ってはいないけど、そんなふうには見えなかったわよ？〟って。そしたらあの子〝小さいころから一緒にいる私より、あの女を信じるんですか？〟っていきなり泣き出して。ちょっとおかしいわ、あの子。李花さんってあんな子だった？　香乃子さんと離婚するしないはどっちでもいいけど、李花さんと再婚はちょっと考えた方がいいかもしれないわ」

思わず頭を抱えた。

「母さん、何回も言ってるだろう？　俺は香乃子とは離婚しないって。そもそも李花さんは俺と結婚するって言ってたのか？」

「え？　そういえば……結婚したら、とは言ってたけど、どうだったかしら」

俺と結婚すれば同居するとか、母の華道教室を手伝うとか、一緒に旅行しましょうなどと夢のように語っていたという。

母はそんな話を聞く度に、俺が彼女と再婚するつもりでいると、思い込んでいたと。

「あ、そういえば李花ちゃん、言ってたわ。真司さんともそういう話をしてるって」

「はっきりと言ったのか？」

「そうよ。間違いない。そう言ってた」

全部嘘だと言うと、母も今回ばかりはようやく納得したらしい。ギョッとしたように目を見開いて顔をしかめた。

「とんでもない子ね。すっかり騙されちゃったわ！」

今更かよと突っ込みたいところだが、香乃子も俺も李花に振り回された。それだけ李花が巧妙なのだ。

「それで、もし今回の件で一ノ関家と揉めても、うちは困らないのか？」

「別にいいんじゃない？　名家で門下生が多いのは事実だけど、最近は人気が落ちているようだし。勢いがあるほかの流派に替えようかと思っていたのよ」

あっけらかんとした物言いに唖然としていると、母はなおも続けた。

「そもそもあんな我儘お嬢様ひとりコントロールできないなんて、先がないと思わない？　奥様も悪い人じゃないけどそろそろ潮時だわね。お付き合いも考え直さなきゃ」

それには思わず笑った。

「ああ、そうだな。その通りだよ母さん」

安心して実家を出た後、今度は仁に電話をした。

「仁、取り急ぎ頼みがある」

今回の香乃子の件で、少なくとも文書偽造と小料理店への名誉毀損はある、ただ、証拠がない。でも、これまでに狙われた人たちのなかには、証拠を持ちながら泣き寝入りしている人がいるかもしれない。仁にそのあたりを探ってもらうよう頼んだ。

「予定通り、夕方李花と会う」

【了解です。気をつけて】

電話を切り、ほかにすべきことはと考え込みつつ、外務省に戻った。

俺の所属は欧州局で、直近の業務はイギリスの某大臣の訪日に関する関係各所との調整だった。今朝方無事に大臣は帰路に就きホッとしたところだ。

書類をまとめなければいけないが、今日はなんとしても残業できない。とにかく早く帰らなければという一念でなんとか業務をこなし、外務省を出る。

李花との待ち合わせは、レストランバー。約束の六時半に行くとすでに彼女はいた。

「珍しいわね。真司さんから誘ってくれるなんて」

「確認のためですよ」

ため息交じりに李花はメニューに手を伸ばす。

「カクテル飲んでもいいかしら？」

頷いて、俺も李花と同じものを頼む。

「ロンドンで言ったはずですよね？　俺は君と結婚する気はまったくない。俺の妻は香乃子だけだって」

「ええ。でも彼女のほうはどうかしら。真司さんは、なにも知らないからそんなことが言えるのよ」

　李花はバッグから写真を取り出して並べる。

　写真にはキ喜の前で客と話をしている香乃子が写っていた。別の日と思われる同じような写真も数枚。

「いったいこれがなんだっていうんだ」

「この人に聞いたのよ。あの女との出会いはロンドンですって。すごいわよね」

　怒りが爆発しそうになり拳を握って耐える。

「君はなにがしたくて、こんなことをしているんだ」

「私は真司さんに目を覚ましてほしいの。それだけよ。ねえ真司さんこのカクテルとっても美味しいわよ飲んで」

　気持ちを落ち着けるように、グラスに口をあてた。

　よく冷えた甘酸っぱい液体が、喉を冷やしながら落ちていく。

「とにかく、君とは関係ない。俺も香乃子も君の身内でもないただの他人だ。君が執着していい理由がない。法的措置を取らせてもらう」

言うだけ言って席を立つと、ぐらりと足もとが歪んだ。

「お会計お願いします」

李花の声を聞きながら外に出ると、男三人に囲まれた。

ここは路地、ほかに人影はない。

「さあ皆さん彼を運んでちょうだい」

なるほど、やっぱりな。

足もとをぐらつかせたのは、そう見せただけの演技だ。手を伸ばしてきた男の腕を捻りあげる。

「イテテ」

ふざけるな。

「このやろー」

襲いかかってきた男をなぎ倒す。

武道はお手のものだ。海外勤務は安全な場所だけじゃない、常に危険と隣り合わせの日々を生き抜くために常に体を鍛えている。

なめるなよと胸の内で毒づいた。

三人目を地面にねじ伏せたとき、「あらら」と明るい声とともに影が差して誰かがすぐ近くにいると気づく。四人目がいたかと手を伸ばしてハッとした。

こいつ、まさか仲間だったのか？

キ喜の女将、喜代子さんの息子だ。なるほどこの男が李花の仲間なら、梨花がキ喜での写真を持っていても辻褄が合う。

「お前——」

「えっ、ちょっと」

有無を言わさず掴みかかろうとしたとき、「先輩、違う違う」と声がした。

数人の警備員を引き連れて現れた仁が苦笑する。

「仁？」

「彼は味方です」

「えっ？」

「彼には、香乃子さんが危険な目に遭わないよう、俺がしっかり見張り役を頼んでおいたの。今大学生なんですけど昔やんちゃでね、問題起こして、助けてやったことがあって。俺に頭が上がんないんですよ」

聞けば、酒の飲みすぎや数々の無茶が祟り体を壊して大学は留年したが、親に泣かれ今は反省して真面目になったという。

「そうなのか?」

「すみません、ランチタイムにあの女が現れたときは、俺授業でいなくて」

ぺこぺこと頭を下げる彼の肩を叩いた。

「いや、いいんだ」

警備員たちが俺が倒した男たちを捕まえていると、視界の隅で李花が走り出しそうになった。慌てて向かおうとすると、李花の前に仁が立ちはだかる。

「おっとー。あきらめな。警察も呼んだからね」

「わ、私はなにも」

店から店長が出てきた。

「お嬢さん、うちの店員にこの薬をチップと一緒に渡したでしょ。彼のドリンクに入れてってね」

店長には俺が前もって話をしてあった。

「ち、違うわ」

あきらめの悪い彼女に俺が言った。

「これでおしまいだ」

仁が「バレないと思った？」と苦笑する。

「前も婚約者がいる男を狙って、その相手を脅迫したことがあるよね？　そのときの証拠が見つかっちゃったんだよね〜」

李花はワッと泣き崩れるが、なよなよとしたその様まで終始演技めいていた。

万が一を考えて準備はしたが、正直ここまでするとは思っていなかった。それは仁も同じらしい。

「男まで用意しているとはな。恐らく朦朧とした真司さんをホテルに連れ込んで、既成事実を作ろうって魂胆だったんだろう」

「多分な。しかし、まさかここまでするとは」

「警察沙汰になればさすがにおとなしくなるでしょう」

ポンポンと肩を叩かれホッとして息を吐く。

さあ、帰ろう。香乃子と真倫のもとに。

ある。


「ただいま」

「おかえ……真司さん？　ど、どうしたの？」

スーツが破けていた。パッと見たところ怪我はなさそうだが、明らかに争った跡が
ところが彼自身は笑顔で楽しそうだ。

「一ノ関李花と決着をつけてきた」

「えっ……」

「全部終わったよ、香乃子。これでもう大丈夫だ」

実は今日、キ喜のホームページへ私宛に、李花さんからメールがあった。

【香乃子さん、もうすぐいい報告ができるわ。楽しみにしていてね。リカ】

メールは良武くんが気づいて、念のため私に注意するようにと報告してくれたのだ。

情報サイトの書き込みは間違いなく李花さんの仕業だ。

私が彼女を怒らせたばっかりに、キ喜にまで迷惑をかけてしまったのが悲しくて悔

しくて、自分が不甲斐なかった。

『あなたみたいな冴えない女じゃなければ、私だってあきらめたわ』

李花さんが言う通り、私には彼女のような華がない。

相手が私ではなく完璧な女性なら、こうはならなかったのではないか。

彼女の暴走を止めるためにも、私ではない誰か素晴らしい女性と、真司さんは再婚を考えたほうがいいのかもしれない。

でなければ、彼女の怒りは収まらないだろう。

そんなふうにあれこれ思い悩んでいると、夕方真司さんからメッセージが来た。

帰りが少し遅くなると書いてあったが、まさか李花さんと会っていたとは。

「ばぶー」

真倫が真司さんを見て喜んでいる。真司さんがふざけて破けたスーツでいないいないばーをしているからだ。

いったいなにがあったのか。

時計を見れば八時半。早く聞きたいが、その前に食事だ。

彼はカクテルを一杯飲んだだけでなにも口にしていないというので、お風呂に入っている間に夕食の準備に取りかかる。

今夜のメニューは、カレー。今日店に来てくれた彼がカレーも食べてみたそうにしていたから、キ喜で提供しているものと同じキーマカレーを作った。千切り野菜のコンソメスープにサラダ。ヨーグルトやスパイスに漬け込んだタンドリーチキン。

ちょうど準備が終わった頃に、真司さんがお風呂から出てきた。

「お、美味しそうだな」

「お店と同じキーマカレーにしたの」

料理を前に目を輝かせる彼を見るのは好きだ。この顔を見るためならもっと料理の勉強をして頑張ろうと思える。

「それで、いったいなにがあったの？」

我慢できずに聞いてみた。

「うん。簡単に言うと一ノ関李花が俺を拉致しようとしたが失敗した。ってところかな」

「えっ……拉致？」

本人は飄々(ひょうひょう)としているが、拉致と聞いては驚かずにいられない。

「警察が駆けつけ、すべて事情を話した。少なくともストーカー容疑で逮捕されるだろう」

不意に電話が鳴り響き、スマートフォンを取った真司さんは電話に出た。

「ああ、間違いない。店の防犯カメラに一部始終残っている。相手の男は三人。その場に駆けつけた俺の友人も立ち会っている。だから、うちが問われる心配はないよ、安心して。証拠は全部あるから」

それだけ言って電話を切った。

「母だよ。一ノ関の家元から血相変えて電話があったらしい」

ハハッと真司さんは笑うが。

「溺愛する娘が男の監禁を企てたとなれば、ショックだろうからね」

「それはそうだけど、私は真司さんがそんな目にあったことがショックです」

男三人に襲われたと聞いては、心配せずにはいられない。

「大丈夫。そのために警備会社の役員である友人に駆けつけてもらったんだ。待ち合わせた店もこっちの関係者。事前準備は怠らなかったからね」

そして彼は「スーツがダメになったのは予想外だけど」と明るく笑う。

「真司さんたら」

一緒に笑いながら感動に胸が震えた。彼は私が思う以上に強くて逞しいのだ。

「これでもう、なにも心配ないからな」

彼はにっこりと微笑んで、私を包みこむように抱きしめる。

「真司さん」

すっぽりと包まれると、心の中に温かい平穏が広がっていく。

緊張が解けていき、彼の存在すべてが私を心から安堵させる。この胸の中こそが私の居場所だとこの温もりが教えてくれる。

そっと体を離してどちらからともなく、唇を重ねる。

ふとリビングからガチャガチャとおもちゃの音がして振り向くと、真倫が交ぜてとばかりにおもちゃを持った手を振っていた。

「あはは。そうか、真倫も一緒がいいか」

真倫を抱き上げて、彼は高く掲げる。

「なぁ真倫、真倫の名前はパパと同じなんだぞー」

キャッキャと喜ぶ真倫と真司さんを見ていると、なんだか涙が溢れてきた。

幸せでも涙は出てくるらしいと、ここ最近知った。思いがけない幸せだからかな……。ずっと、あきらめていたからかもしれない。

真司さんがいて、真倫がいて——輝いて見える。

私の大切な宝物。これが私の幸せの形だ。

＊　＊　＊

「仁、今日はありがとうな」

「どういたしまして、さあどうぞ座って」

ここは彼の店、レストランバー『氷の月』。深夜の三時。寝てしまった香乃子をベッドに運んでからここに来た。

平日ならもう閉まっている時間だが、土曜の夜は朝まで開店している。

「落ち着きそうですか？」

「ああ後は弁護士に任せるが、鍵を握っているのはこっちだ、問題ない。とにかく矛先が俺に向かってよかったよ。心置きなく叩けるからな」

できるだけ香乃子を巻き込まない方法で片を付けたかった。

「しかし、外交官を拉致しようとは、浅はかというかなんというか」

「なにか飲まされるくらいは想像したが、せいぜいあの場でそれっぽい写真を撮るだけだと思ってたよ。やっぱり武道は習っておかないとダメだな」

「出る幕なかったし。なかなか格好よかったですよ、スーツを翻しての一撃。通行人の女の子たちがキャーキャー言ってたのわかりました？」

事態を予測して路地裏の店を選んだが、それでもいくらか通行人はいたようだ。

「たいして見えてないだろ」

スーツは弁償してもらえと仁は言ったが、一ノ関に関わるものは間違っても身につけたくない。

「だけど大丈夫なんですか？　大臣あそこの票欲しいんじゃ？」

「頭を下げてくるのは一ノ関だ。問題ない。仁のおかげで状況証拠バッチリだからな。過去の悪事まで証拠に挙げたのも大きい。助かったよ」

こじらせて祖父が出てくると厄介だった。祖父は計算高い。キ喜の情報サイトの件が耳に入れば、香乃子を見捨てろと言ってくる可能性もあった。李花との結婚でなくても、別の女性を押し付けてきたに違いない。もちろんそんな話は受け入れないが、祖父のことだ。離婚を迫って桜井家を脅すくらいはしただろう。

香乃子の父が出てきても大変だったし、飛んで火に入る夏の虫とでもいうか。タイミングもよかった。

「しかし仁、お前も元気だな。こんな時間だっていうのに」

仁は笑って隙あらば寝てるから、と肩をすくめる。

「移動中とか、今日も警察出たあと、車ん中でひとしきり寝たし。俺、ショートスリーパーなんですよ」

ここで客が運んでくる事件を聞き逃したくないですからね、と仁は笑った。

なんだかんだと家路についたときには、白々と夜が明け始めていた。

そっと寝室に入る。

真倫はベビーベッドで寝ている。俺の寝相が悪いからとか理由を並べ、俺たちのベッドのすぐ隣にベビーベッドを置いたのだ。

理由は香乃子との距離を縮めたかったから。

スーツのジャケットを脱ぎ捨て布団に潜り込む。

すやすやと眠っている彼女の額にそっとキスをする。

俺のベッドに香乃子がいて、彼女のぬくもりがある。それだけでとてつもなく幸せな気持ちが溢れ出した。

「香乃子、愛してるよ」

囁いて、腕を伸ばし抱きしめる。

もう離さない。なにがあろうとも。

「というわけで、こちらが念書です」

明くる日の午後三時。

すなわち李花が俺を拉致しようとした翌日に一ノ関の弁護士が現れた。

随分早いが、それだけ一ノ関家も必死なんだろう。弁護士は一ノ関李花が書いたという念書を持ってきた。

今朝方、うちの弁護士から状況は聞いている。

なにしろ証拠は全部揃っている。集められた三人の男はそれぞれネットで三万で引き受けたが〝酔った恋人の男性をホテルまで運ぶ〟という力仕事だと聞いていたらしい。ところが俺は酔ってもいなかったし、捕まえようにも思いのほか強く、話が違うと言っているとか。

こっちからは弁護士を通し、李花にされたことの一部始終を文書にして渡した。過去に李花がしでかした事件の証拠も含めて。

李花は号泣して知らないとしらばっくれていたようだが、情報開示請求を提出しているなどのこちらの言い分を聞き、言い逃れできないとあきらめたのだろう。情報サイトの書き込みも、香乃子にしてきた脅迫まがいの嘘もすべて白状した。

「訴えを取り下げてくれるなら、とにかくなんでもしますとご両親共々平謝りでして」

母親は家元。父親はそれなりの企業の社長だ。当然必死だろう。

「取り下げてもいいが。彼女がまた香乃子になにかする心配は消えないからな。現に彼女はこれまでも問題を起こしては両親が金でもみ消してきたそうじゃないか。一度ちゃんと逮捕されたほうがいいと思うが」

相手の弁護士は苦笑を浮かべる。

「俺を拉致してどうするつもりだったって？」

「はぁ……」

既成事実を作ればなんとかなると思ったとはさすがに言えないのか。隣に香乃子もいるのでそれ以上追及するのは止めた。

弁護士がおずおずと聞いてくる。

「なにかあった場合の約束事を決めるのはどうでしょうか？」

「約束事ねぇ」

「ええ。とにかくもう二度と神宮寺様には近づかないと約束してますが、それでもご心配でしたら念のため」

約束事とあれこれ考えて閃いた。

「だったら彼女の一族が、金輪際家元を辞めるというなら納得しよう」

「えっ、そ、それは李花さんとは関係ない……」

顔色を変える弁護士に畳みかける。

「彼女が悪さをしなければ済む話でしょう？　彼女の行動にはそれくらいの責任があると思いますよ？　罪なき女性を陥れ、男を雇って外交官を拉致——」

「わ、わかりました！　ええ、そうですね」

一ノ関家は百年以上続いている家元で名家だ。次の家元は李花ではなくいずれ兄が継ぐと聞いている。聞くところによると兄のほうは真面目な男のようなので心配はない。家を守るために、家族で必死になり李花を改心させるだろう。李花自身、犯罪者になる勇気はない。

というわけで条件を返し、ひとまず念書を受け取った。

弁護士を見送ると、香乃子が苦笑する。

「いくらなんでも家元を辞めるというのは」

「なにもしなければいいだけだ」

不安そうな彼女の頬にキスをした。

「心配か？」

彼女はふるふると首を横に振る。

「大丈夫だ。今度こそ彼女はおとなしくなる」

情報サイトもあれきり書き込みはない。犯人は李花ひとりだった。スマートフォンを何台も使って書き込みをしたらしい。なぜバレないと思ったのか、浅はかすぎて呆れるばかりだ。

「さあ、お茶にしよう。俺が淹れるから」

香乃子は真倫にミルクをあげて、俺たちは弁護士が持ってきた老舗和菓子店のきんつばをいただく。

日本茶もあらため味わうと本当に美味い。しみじみ思いながら、聞いてみた。

「キ喜はこれからどうする？」

「これを機会に辞めようと思うんです。やっぱり真倫を連れて歩くのは無理があるなと思っていたんです。おとなしい子ですけど、お店はいろんな人が出入りしますし」

「香乃子、敬語」

ハッとしたように彼女は口を手で覆った。

「つい癖で」

約束したのだ。もう敬語は使わないと。

「実はひとつだけ聞きたいことがあったんだが」

李花が見せてきた写真の男だ。なにもないとは信じているが、やはり気になる。

「ロンドンで助けた男性が、店の客にいる？」

「ああ、はい。本郷さん。ロンドンの百貨店で置き引きに合った人。覚えてる？　私がセキュリティースタッフに伝えて」

思い出した。

「ビジネスマンの？」

「そうそう。近くの商社にお勤めらしくて、よくお店に来てくれて。彼がどうかしました？」

「いや、その……」

「あ、もしかして李花さんになにか言われたとか？」

香乃子は頬を膨らませてツンと横を向く。

「疑ったんだ」

「違うって。疑ってなんかないさ。ただ心配だったんだよ」

「知らない」

逃げようとする彼女を捕まえてソファーに押し倒す。

香乃子は「聞いてくれてよかった」とクスクス笑う。

「本郷さんは結婚していて、夜は奥さんと一緒に来たこともあるそうよ」

「そうか」

「こうして、一つひとつお互いに聞いていけば、誤解もせずに済むわね」

「ああ、そうだ」

唇に軽くキスを落とし、ソファーに座り直す。

「でも、店を持ちたいという夢はいいのか？」

「あきらめたわけじゃないですよ。夢は変わったの」

フフッと笑う彼女が愛おしくて、肩を抱き寄せる。

「私、外交官の妻として、習いたいこともあって」

瞳を輝かせながら書道と和菓子作りが習いたいのだと言った。

「君は働き者だな。また職業、外交官夫人をやるのか？」

「そうよ。あなたが外交官でいる限り、私は外交官夫人を貫くわ」

笑いながら吸い込まれるようにキスをした。

もう二度と離さない。そう誓いながら。

エピローグ

すべてが解決して数カ月。暑い東京の夏が過ぎた頃、真司さんのイギリスへの赴任が決まった。

結局東京には一年もいないままUターンとなった。まるで私を迎えに東京に帰ってきたみたいと思ったのは、私だけの秘密。

そしてロンドンに来て半月ほど経った六月の今日、私たちは結婚式を挙げる。

「おおー、晴れたな」

見上げる空は青く輝いている。

「うれしい。よかった」

ここは私と真司さんの思い出の地、コッツウォルズ。小さなヴィラを借りてのガーデンウェディングだ。

念のためにマーキーと呼ばれる大きなテントは張ってあるけれど、晴れに越したことはない。

「パッパ」

「ん？　どうした真倫」

「とっとー」

真倫が指さす方を見ると、小鳥がいた。

「ああ、鳥か、かわいいな」

あと数カ月で二歳になる真倫は随分しゃべれるようになって、赤ちゃんから子どもへとちょっぴり成長している。

真倫の存在は両家に衝撃を与えた。

だが、大事にしたくないのは神宮司家も父も同じ。真倫のかわいらしさの前に、義父母も父もなにも言えなくなったようだ。

真倫を前にして目を丸くした父を思い出しクスッと笑う。

「香乃子ー」

振り向くとリエちゃんがいた。

「めっちゃ綺麗！　どうしよう。綺麗すぎるよー」

相変わらずの大きなリアクションに笑って礼を言う。

レースをふんだんに使用したエンパイアラインのウェディングドレス。胸もとの花とリボンがポイントになっている。

「リエちゃんもすごく素敵。黄色ドレス、すっごく似合ってるよ」

ひまわりのように明るい彼女そのものだ。

えっへんと腰に手を当てたリエちゃんは「これを見て」と指先を差し出す。

「あっ、もしかして」

「サムシングブルー、幸せを呼ぶんでしょ」

イギリスでは古くからサムシングブルーと言って、花嫁の末永い幸せを願いブルーを身につけるおまじないがある。

私が持っているブーケにも水色の花が入っている。

「ありがとうリエちゃん、ちゃんと調べてくれたんだね」

「もっちろん。香乃子には誰よりも幸せになってほしいもん。そして私も幸せのおこぼれをもらわないと」

あははと笑い合う。私も私と同じくらいリエちゃんに幸せになってほしい。

「香乃子のお母さん、すっごくよくしてくれるの。不思議なことにうちのお母さんと気が合っちゃって。今だってほら見て」

彼女はお母さんと来てくれた。リエちゃんに言われて振り向けば、母とリエちゃんのお母さんがやけに楽しそうに笑っていた。私が付き添えない代わりに私の母が案内役を買って出てくれたのだ。

笑い声が弾けて振り向くと、真司さんが友人に囲まれている。今日は青扇学園出身の友人がたくさん駆けつけてくれている。

「なんだ。ガータートスはないんですか」

そう言って笑うのは氷室仁さんだ。

「あるわけないだろ。俺は日本人だ」

リエちゃんが「ガータートスってなに？」と聞いてきたので教えてあげた。

ガータートスとは花嫁が左足の太腿に着用しているガーターベルトを新郎が口で外し、未婚の男性に投げるという欧米の習慣だ。

「皆の前でやるんだよ？　私も絶対にヤダー」

「さすが欧米」

あははと笑い合う。

「しかし、真司さんのお友達ってすっごいイケメンしかいないのね」

「私の友達だってみんなかわいいよ？」

「もうー、香乃子ったらっ」

リエちゃんは笑うが本当だ。自慢の親友だもの。

「今日はありがとうございます」

ハッとして振り向くと真司さんがいた。

「あっ、いいえ、どういたしまして。おめでとうございます！」

緊張を隠せないリエちゃんがおもしろくて、つい笑ってしまう。

「まりーん。お花つけてかわいいねー」

頭にお花のカチューシャをつけている真倫は、真司さんの腕の中で「ちゃん、ちゃん」と小さい手を伸ばす。〝り〟の発音が難しいようで、リエちゃんを〝ちゃん〟と呼ぶのだ。

「私のことちゃんと覚えてくれてるのねー。まりーん」

真倫は真司さんからリエちゃんの腕に移る。

「一緒にばぁばのところに行こう。じゃあね香乃子」

「はーい。ありがとう」

リエちゃんを見送ると、真司さんが腰を抱いてきた。

「今日の君は誰にも見せたくないくらい、とっても綺麗だな」

いったいなにを言いだすのか。

驚いて彼を振り向くと、私の額にチュッとキスをする。

「見て真司さん。真倫が笑ってる」

照れ隠しにそう言ってごまかした。

視線の先では、母たちに囲まれて、真倫がぴょんぴょん跳ねて喜んでいる。

「楽しそうだ」

「うん。幸せそう」

母も、リエちゃんも真倫もみんな。

「香乃子――君も幸せか？」

「もちろんよ」

あなたがいて真倫がいる。私はそれだけでいい。

だけど強いて言うならば――。

「だって、真司さんがいるもの」

ありがとう、またロンドンに連れてきてくれて。

そう思いながら振り向くと、弾けたように笑った彼は私の唇にチュッとキスをする。

「えっ、ちょっと」

「大丈夫さ、ここはイングランドだ」

そして囁いた。

「愛してるよ香乃子。君がいれば、それだけで楽園だ」

後ろから抱きしめられて、クスクス笑いながら思う。

私もよ。

愛してるわ、真司さん。

誰よりも、あなただけを愛している——。

END

あとがき

皆様こんにちは、白亜凛です。

今作は、私にとって三作目となるベリーズ文庫です。

ヒーローは外交官ということで、最初から舞台はロンドンと決めていました。

ふたりが行く観光地はコッツウォルズ。これも決めていました。

イギリスは地震や自然災害も少なく、築百年という住宅が珍しくないそうです。

なかでもコッツウォルズ地方は、地域全体が中世の趣をそのまま残していて、まるで童話そのもののよう。

あれこれ調べて嬉々として書いたせいか、すでに訪れたような気がしていますが、いつか実際に行ってみたいですねー。憧れの地です。

今回、イギリス人の身内がいらっしゃる知人のBさんに、いろいろと教えてもらいました。ロンドンの冬はなんといってもクリスマス。ハッピーニューイヤーとか年賀状のようなものは特にないとか。ビールは生温いとか、魚料理が少ないとか。

書けない話もたくさん教えていただき、楽しかったです。

この場をお借りしてお礼を申し上げます。Bさん、ありがとうございました！

書籍の発行が決まって毎回楽しみにしているのが、表紙です。

いったいどんなタイトルになって、どんなイラストがつくのだろうとわくわくしているのですが、見せていただいたときの感動たるや、息を呑みました。

真倫、か、かわいい。真司さん素敵。香乃子なんてきれいなの〜と、感動の嵐。

cielo先生、素敵なイラストを本当にありがとうございます！

出版にあたり関係者の皆様、特に編集担当様にはなんとお礼を言ったらいいか、感謝に堪えません。ありがとうございました。

そして読者の皆様、お手に取ってくださりありがとうございます！

氷室仁のファンの方も安心してください、今回も彼、がんばってくれました。

本を閉じたときに少しでも心温まり、ほっこりしていただけたら幸いです。

皆様の温かい応援を胸に書き続けられていること、心から感謝しております。

またどこかで、お会いできますように。

白亜凜（はくありん）

白亜凛先生への
ファンレターのあて先

〒104-0031
東京都中央区京橋1-3-1
八重洲口大栄ビル7F
スターツ出版株式会社　書籍編集部　気付

白亜凛先生

本書へのご意見をお聞かせください

お買い上げいただき、ありがとうございます。
今後の編集の参考にさせていただきますので、
アンケートにお答えいただければ幸いです。

下記URLまたは二次元コードから
アンケートページへお入りください。
https://www.ozmall.co.jp/enquete/IndexTalkappi.aspx?id=2301

隠れ執着外交官は
「生憎、俺は諦めが悪い」と
ママとベビーを愛し離さない

2025年4月10日　初版第1刷発行

著　　者　白亜凛
　　　　　©Rin Hakua 2025

発 行 人　菊地修一

デザイン　hive & co.,ltd.

校　　正　株式会社鷗来堂

発 行 所　スターツ出版株式会社
　　　　　〒104-0031
　　　　　東京都中央区京橋1-3-1　八重洲口大栄ビル7F
　　　　　TEL　03-6202-0386（出版マーケティンググループ）
　　　　　TEL　050-5538-5679（書店様向けご注文専用ダイヤル）
　　　　　URL　https://starts-pub.jp/

印 刷 所　株式会社DNP出版プロダクツ

Printed in Japan

乱丁・落丁などの不良品はお取替えいたします。
上記出版マーケティンググループまでお問い合わせください。
定価はカバーに記載されています。

ISBN 978-4-8137-1728-7　C0193

ベリーズ文庫 2025年4月発売

『結婚不適合なふたりが夫婦になったら―女嫌いパイロットが鉄壁妻に激甘に!?』紅カオル・著

空港で働く史花は超がつく真面目人間。ある日、ひょんなことから友人に男性を紹介されることに。現れたのは同じ職場の女嫌いパイロット・優成だった！　彼は「女性避けがしたい」と契約結婚を提案してきて!?　驚くも、母を安心させたい史花は承諾。冷めた結婚が始まるが、鉄仮面な優成が激愛に目覚めて…!?

ISBN978-4-8137-1724-9／定価825円（本体750円＋税10%）

『悪辣外科医、契約妻に狂おしいほどの愛を尽くす【極上の悪い男シリーズ】』伊月ジュイ・著

外科部長の父の薦めで璃子はエリート脳外科医・真宙と出会う。優しい彼に惹かれ結婚前提の交際を始めるが、ある日彼の本性を知ってしまい…!?　母の手術をする代わりに真宙に求められたのは契約結婚。悪辣外科医との前途多難な新婚生活と思いきや――「全部俺で埋め尽くす」と溺愛を刻み付けられて!?

ISBN978-4-8137-1725-6／定価814円（本体740円＋税10%）

『離婚計画は白紙です！～男嫌いなかりそめ妻はカタブツ警視正の甘い愛に陥落して～』田崎くるみ・著

過去のトラウマで男性恐怖症になってしまった澪は、父の勧めで警視正の壱夜とお見合いをすることに。両親を安心させたい一心で結婚を考える澪に彼が提案したのは「離婚前提の結婚」で…!?　すれ違いの日々が続いていたはずが、カタブツな壱夜はある日を境に澪への愛情が止められなくなり…！

ISBN978-4-8137-1726-3／定価814円（本体740円＋税10%）

『極氷御曹司の燃える愛で氷の女王は熱く溶ける～冷え切った契約結婚だったはずですが～』にしのムラサキ・著

名家の娘のため厳しく育てられた三花は、感情を表に出さないことから"氷の女王"と呼ばれている。実家の命で結婚したのは"極氷"と名高い御曹司・宗之。冷徹なふたりは仮面夫婦として生活を続けていくはずだったが――「俺は君を愛してしまった」と宗之の溺愛が爆発！　三花の凍てついた心を溶かし尽くし…

ISBN978-4-8137-1727-0／定価825円（本体750円＋税10%）

『隠れ執着外交官は「生憎、俺は諦めが悪い」とママとベビーを愛し離さない』白亜凛・著

令嬢・香乃子は、外交官・真司と1年限定の政略結婚をすることに。愛なき生活が始まるも、なぜか真司は徐々に甘さを増し香乃子も心を開き始める。ふたりは体を重ねるも、ある日彼には愛する女性がいると知り…。香乃子は真司の前から去るが、妊娠が発覚。数年後、ひとりで子育てしていると真司が現れて…！

ISBN978-4-8137-1728-7／定価825円（本体750円＋税10%）

ベリーズ文庫 2025年4月発売

『医者嫌いですが、エリート外科医に双子ごと溺愛包囲されてます!?』 日向野ジュン・著

日本料理店で働く美尋は客として訪れた貴悠と出会い急接近！ふたりは交際を始めるが、ある日美尋は貴悠に婚約者がいることを知ってしまう。その時既に美尋は貴悠との子を妊娠していた。彼のもとを離れシングルマザーとして過ごしていたところに貴悠が現れ、双子ごと極上の愛で包み込んでいき…！

ISBN978-4-8137-1729-4／定価814円（本体740円＋税10%）

ベリーズ文庫with 2025年4月発売

『素直になれたら私たちは』 白石さよ・著

バツイチになった琴里。両親が留守中の実家に戻ると、なぜか隣に住む年上の堅物幼馴染・孝太郎がいた。昔から苦手意識のある孝太郎との再会に琴里はげんなり。しかしある日、琴里宅が空き巣被害に。恐怖を拭えない琴里に、孝太郎が「しばらくうちに来いよ」と提案してきて…まさかの同居生活が始まり!?

ISBN978-4-8137-1730-0／定価814円（本体740円＋税10%）

『他部署のモサ男くんは終業後にやってくる』 朧月あき・著

完璧主義なあまり、生きづらさを感じていた鞠乃。そんな時社内で「モサ男」と呼ばれるシステム部の蒼に気を抜いた姿を見られてしまう！　幻滅されると思いきや、蒼はありのままの自分を受け入れてくれて…。自然体な彼に心をほぐされていく鞠乃。ふたりの距離が縮んだある日、突然彼がそっけなくなって…!?

ISBN978-4-8137-1731-7／定価814円（本体740円＋税10%）

ベリーズ文庫 2025年5月発売予定

Now Printing

『結婚嫌いな彼に結婚してなんて言えません』 滝井(たきい)みらん・著

学生時代からずっと忘れずにいた先輩である脳外科医・司に再会した雪。もう二度と会えないかも…と思った雪は衝撃的な告白をする！　そこから恋人のような関係になるが、雪は彼が自分なんかに本気になるわけないと考えていた。ところが「俺はお前しか愛せない」と溺愛溢れる司の独占欲を刻み込まれて…!?

ISBN978-4-8137-1738-6／予価814円（本体740円＋税10%）

Now Printing

『愛の極【極上の悪い男シリーズ】』 麻生(あそう)ミカリ・著

父の顔を知らず、母とふたりで生きてきた瑛奈。そんな母が病に倒れ、頼ることになったのは極道の組長だった父親。母を助けるため、将来有望な組の男・翔と政略結婚させられて!?　心を押し殺して結婚したはずが、翔の甘く優しい一面に惹かれていく。しかし実は翔は、組を潰すために潜入中の公安警察で…！

ISBN978-4-8137-1739-3／予価814円（本体740円＋税10%）

Now Printing

『タイトル未定（バツイチ×契約結婚）』 未華空央(みはなそらお)・著

夫の浮気が原因で離婚した知花はある日、会社でも冷血無感情で有名なCEO・裕翔から呼び出される。彼からの突然の依頼は、縁談避けのための婚約者役!?しかも知花の希望人事まで受け入れるようで…。知花は了承しニセの婚約者としての生活が始まるが、裕翔から向けられる視線は徐々に熱を帯びていき…！

ISBN978-4-8137-1740-9／予価814円（本体740円＋税10%）

Now Printing

『元カレパイロットの一途な忠愛』 蓮美(はすみ)ちま・著

美咲が帰宅すると、同棲している恋人が元カノを連れ込んでいた。ショックで逃げ出し、兄が住むマンションに向かうと8年前の恋人でパイロットの大翔と再会！　美咲の事情を知った大翔は一時的な同居を提案する。過去、一方的に別れを告げた美咲だが、一途な大翔の容赦ない溺愛猛攻に陥落寸前に…!?

ISBN978-4-8137-1741-6／予価814円（本体740円＋税10%）

Now Printing

『タイトル未定（ハイパーレスキュー×双子）』 花木(はなき)きな・著

桃花が働く洋菓子店にコワモテ男性が来店。彼は昔遭った事故で助けてくれた消防士・橙吾だった。やがて情熱的な交際に発展。しかし彼の婚約者を名乗る女性が現れ、実は御曹司である橙吾とは釣り合わないと迫られる。やむなく身を引くが妊娠が発覚…！　すると別れたはずの橙吾が現れ激愛に捕まって…!?

ISBN978-4-8137-1742-3／予価814円（本体740円＋税10%）

タイトル、価格等は変更になることがございますのでご了承ください。